OhA!

KatzenKrimis

EINE BRAUT PER POST GEKAUFT

EINE BRAUT

Mit Zeichnungen von Isabel Kreitz

KatzenKrimis

EINE BRAUT PER POST GEKAUFT

Aus dem Englischen von
Sebastian Trautmann

Europa Verlag
Hamburg · Wien

OHA! – DAS PROGRAMM DER KLEINEN BÜCHER IM EUROPA VERLAG

In gleicher Ausstattung liegen in dieser Reihe ebenfalls vor:
Persephone, Poe und der Flüsterer
Das Kätzchen der Heiligen Margret
Molly muss gerettet werden

Die Deutsche Bibliothek – CIP-Einheitsaufnahme
Ein Titelsatz für diese Publikation ist bei
Der Deutschen Bibliothek erhältlich.

Lektorat: Imke Sörensen
Umschlaggestaltung: Groothuis & Consorten, Hamburg
Innengestaltung: Matrix Typographie & Gestaltung,
Christina Modi & Maren Orlowski, Hamburg
Druck und Bindung: Offizin Andersen Nexö, Leipzig
ISBN 3-203-85030-3

Informationen über unser Programm erhalten Sie beim
Europa Verlag, Neuer Wall 10, 20354 Hamburg
oder unter www.europaverlag.de

Inhalt

EINE BRAUT ...

Sharyn McCrumb

NINE LIVES TO LIVE ... 7

Bentley Little

CONNIE ... 31

Gary A. Braunbeck

EINE BRAUT PER POST GEKAUFT ... 51

Sharyn McCrumb

NINE LIVES TO LIVE

Damals schien es eine gute Idee gewesen zu sein. Natürlich hatte Philip Danby nur einen Scherz gemacht und versucht, ihn in einem möglichst ernsten Ton von sich zu geben, damit diese idiotischen New-Age-Klienten sich amüsierten, die offensichtlich an diesen Mist glaubten. »Ich möchte als Katze wieder geboren werden«, hatte er verkündet und dabei betont witzig ins Licht der Kerzen auf dem Esstisch der Eskeridges geschaut. Er hatte den Atem anhalten müssen, um nicht in Gelächter auszubrechen, während die anderen über Reinkarnation plapperten. Die Frauen wollten vorhersehbarerweise blonder und dünner wieder geboren werden und den Männern kam jeder Mist in den Sinn, von texanischen Cowboys bis hin zu Eichen. *Eichen?* Den ganzen Abend über hatte er gute Miene zum bösen Spiel machen müssen, alles in der Hoffnung, diese Dumpfbacken würden der Firma ein paar Geschäfte zukommen lassen.

Er hatte so seine Schwierigkeiten damit, Klienten zu unterhalten. Sein Partner, Giles Eskeridge, schien auf diesem Gebiet weniger Probleme zu haben. Giles betonte allenthalben, dass Reich und Verrückt oft einhergehen; und trotzdem, Architekten, die auf lukrative Aufträge spekulierten, sollten immer für Verhandlungen mit Exzentrikern gewappnet sein. Überdies mussten sie in endlosen Stunden starrsinnige Bauunternehmer und unberechenbare Stadtplaner ertragen. Möglicherweise hatte Danby sich daher für ein nächstes Leben als Katze entschieden. Den Anwesenden hatte er erklärt: »Katzen sind unabhängig. Sie haben es nicht nötig, vor jedermann ihren Kotau zu machen, schlafen sechzehn Stunden am

Tag, außerdem werden sie gefüttert, behütet und sogar geliebt – und das nur aus dem einen Grund, weil sie das sind, was sie sind. Für mich klingt es nach einem guten Deal.«

Julie Eskeridge tippte ihm spielerisch gegen die Wange. »Sorge aber lieber dafür, dass du dann auch ein hübsches Kätzchen mit Stammbaum bist, Philip«, lachte sie. »Denn für eine alte, hässliche Straßenkatze bietet das Leben nicht gerade viel Angenehmes!«

»Ich werde mich daran halten, wenn es so weit ist«, versicherte er ihr. »In fünfzig Jahren oder so.«

Es waren wohl eher fünfzig Tage. Die Tatsache, dass Giles als Hai auf die Welt zurückkommen wollte, hätte ihn warnen sollen.

Nachdem sie nämlich herausfanden, dass sie just ein drei Millionen-Dollar-Gebäude auf einer hochgiftigen Müllhalde errichtet hatten, fand sich der Bauunternehmer glücklicherweise mit 10 000 Dollar ab, damit er seinen Mund hielt, und Giles war darauf vorbereitet, die Beweise verschwinden zu lassen, um die Firma vor einer Klage und einer drohenden Strafe des Umweltaufsichtsamtes zu bewahren. Rückwirkend betrachtet wurde Danby klar, dass er auf keinen Fall darauf hätte bestehen sollen, die Behörden über die Müllkippe zu informieren. Und schon gar nicht hätte er dies um sechs Uhr abends auf genau jener Baustelle machen dürfen, als außer ihm und Giles niemand mehr anwesend war. Das war buchstäblich ein fataler Fehler. Noch bevor er ›philosophische Differenzierung‹ sagen konnte, hatte Giles bereits nach einer Schaufel gegriffen, die zufällig neben der anstößigen Grube lag, und mit einem gezielten Schlag die Angelegenheit vor ein höheres Gericht verwiesen. Während er Hals über Kopf in den stinkenden Beweis fiel, war Danbys letzter Gedanke ein Flattern blanken Hasses über die Ungerechtigkeit des Ganzen.

ALS NÄCHSTES DACHTE ER, dass er sich einen Schwarzweißfilm ansah, während sein Gehirn sich eifrig damit beschäftigte, eine Flut von olfaktorischen Eindrücken zu sortieren. *Möbelpolitur … abgestandener Kaffee … verschwitzte Socken … Prell Shampoo …*

Sharyn McCrumb

… *Blumenerde* … Er schüttelte den Kopf, um seine Gedanken zu klären. Wo war er? Die Antwort war ganz einfach: Er lag ausgestreckt auf einem Sofa und war Teil dieses Schwarzweißfilms, denn wohin er auch schaute, überall bot sich ihm derselbe farblose Anblick. Vielleicht eine Gehirnerschütterung? Die Erinnerung an Giles Eskeridge, der eine Schaufel schwang, erschien vor seinem geistigen Auge. Danby beschloss die Polizei zu benachrichtigen, bevor Giles wieder auftauchte und es ein zweites Mal versuchte. Er erhob sich und fiel prompt vom Sofa.

Natürlich landete er auf seinen Beinen.

Auf allen vieren.

Um sich im Augenblick davor zu bewahren, an irgendwelchen ominösen Kram zu denken, fragte er sich seltsamerweise, womit diese New-Age-Klienten wohl noch so alles Recht hatten. War Stonehenge ein Landeplatz für fliegende Untertassen? Senkten Kristalle den Cholesterinspiegel? Seine momentane Situation ließ ihn an nichts dergleichen zweifeln. Er saß da, zupfte an seinem buschigen Schwanz und wünschte sich, dass er an jenem Abend während der Dinnerparty der Eskeridges nicht so abfällig über Reinkarnation gesprochen hätte. Er mochte Katzen nicht einmal besonders. Außerdem wünschte er sich jetzt, seine Krallen gegen Giles einsetzen zu können, als Vergeltung für die Chose mit der Schaufel. Als Erstes würde er Giles in den Hals beißen, sein Rückgrat anknacksen und ihn dann für ein paar Sekunden entkommen lassen. Anschließend würde er sich von hinten anschleichen und sich auf ihn stürzen. Hinterher würde er ihn fertig machen. Danby begann in freudiger Erwartung zu schnurren.

Der Anblick eines Kaffeetisches, dessen Platte sich bestimmt dreißig Zentimeter über seinem Kopf befand, verdeutlichte ihm sein Problem. Im Augenblick wog Danby ungefähr fünfzehn pelzige Pfund, und er hatte keinen blassen Schimmer, wo er sich eigentlich befand. Unter diesen Umständen würde es ihm einige Schwierigkeiten bereiten, seinen Mord zu rächen. Auf der anderen Seite drängten ihn keinerlei wichtige Termine, wenn man von einem achtstündigen Schläfchen absah, nach dem es ihn plötzlich gelüstete. Aber schön eines nach dem anderen. Danby war zuerst daran interessiert, wie er eigentlich aussah, später wollte er herausfinden, wo sich die Küche befand, und nachsehen, ob die verschwitzten Socken und das Prell Shampoo irgendetwas Genießbares hinterlassen hatten. Für philosophische Gedanken und Rachepläne war anschließend noch genügend Zeit, wenn er seine Barthaare reinigte.

Das Wohnzimmer reichte vollkommen aus, um einen Architekten erschaudern zu lassen. Bescheuerte frühamerikanische Sofas und ein absolutes stilistisches Durcheinander. Er war ganz froh darüber, dass er die Farbzusammenstellung nicht erkennen konnte. Über dem Sofa hing ein Spiegel, also hüpfte er auf die billige Polsterung, um einen Blick auf sich zu werfen. Das Gesicht, das ihn ansah, war definitiv das einer Katze und so böse, dass Danby sich fragte, wie irgendjemand Katzen als Haustiere halten konnte. Die gelben (oder wahrscheinlich grünen) mandelförmigen Augen starrten ihn aus einem massigen, fast pyramidenförmigen Gesicht finster an. Er war gestreift und hatte ein zotteliges grau-braunes Fell. Gerade mal so eben sichtbar unter dem dichten Fell befand sich ein Lederhalsband, an dem eine kleine Messingglocke hing. Das erklärte immerhin das Läuten in seinen Ohren. Der Rest seines Körpers schien kräftig, selbst wenn man das Fell und den langen buschigen Schwanz berücksichtigte, der sich in seinem Blickfeld rhythmisch hin und her bewegte. Er war also eine Schildpatt- oder Tigerkatze, oder wie auch immer sie diese braun gestreiften Viecher nannten. Sein Haar war lang und er war immerhin noch männlichen Geschlechts. Er musste nicht erst unter seinem Schwanz nachsehen, um sich davon zu überzeugen, denn der Gestank nach Ammoniak in der näheren Umgebung des Sofas bekundete, dass er nicht gerade zurückhaltend darin war, seine Maskulinität in den verschiedenen Ecken seiner Behausung unter Beweis zu stellen.

Es bestand für ihn keinerlei Zweifel, dass es für diese New-Age-Clowns von Interesse sein würde, dass er kein kleines Kätzchen, sondern eine ausgewachsene Katze war. Offensichtlich war seine Wiedergeburt auf direktem Fuße erfolgt. Hatten sie ihm doch zu verstehen gegeben, dass das Leben nach dem Tod eine vorbereitende Orientierung beinhalten würde, bevor man eine neue Identität verpasst bekam. Eine Gottheit in der Gestalt John Denvers, mit randloser Brille und einem T-Shirt des Sierra-Klubs, hätte ihn mit dem Papierkram, seinen Fall betreffend, begleiten müssen und in einer entspannten Unterhaltung wären sie dann übereingekommen, welches Karma letzten Endes zu ihm passte. Wenigstens hatten diese New Ager ihn das glauben lassen. Es war aber nicht im Entferntesten so abgelaufen. In der einen Minute fiel er in eine Abwassergrube und in der nächsten verspürte er ein Verlangen nach Whiskas. Einfach so. Er fragte sich, was für Gedankenspiele vor seiner Ankunft in seinem engen Schädel umhergeflattert waren. Vermutlich nicht viele. Ein Gehirn mit der Wattzahl einer Glühbirne konnte wahrscheinlich gerade mal die paar Sachen auf einem Katzenkalender kontrolliert auf die Reihe kriegen: essen, schlafen, knabbern, dösen, dinieren, ausruhen und so weiter und so weiter. Wo wir aber gerade von Essen sprechen …

Mit zwei angemessenen Sprüngen schaffte er es zurück auf den Boden und schlenderte läutend in Richtung Küche davon, deren Richtung angenehmerweise durch den Geruch nach abgestandenem Kaffee und Spülmittel, das nach Zitronen duftete, ausgewiesen wurde. Der Boden könnte auch mal gewischt werden, dachte er und bemerkte mit Abscheu, dass seine Samtpfoten durch Dreck wateten.

Der Napf in einer Ecke neben dem Spültischunterschrank bestätigte seine schlimmsten Befürchtungen in Bezug auf die Bewohner und ihren Sinn für Geschmacklosigkeiten. Zwei Plastikschüsseln waren in das Sperrholzmodell einer Katze eingelassen, das man weiß gestrichen und mit einem karikierten Katzengesicht versehen hatte. Wenn seine Nahrungsaufnahme nicht auf dem Spiel stünde, hätte Danby das Ganze als Ausdruck seines professionellen Urteilsvermögens schlichtweg markiert. In diesem Fall aber erübrigte er gerade mal ein majestätisches Hohnlächeln, lehnte sich vor und nahm das Angebot in Augenschein. Das Wasser war nicht frisch; es schwammen Reste von Trockenfutter darin. Erwarteten sie tatsächlich, dass er davon trank? Vielleicht sollte er es verschütten, damit sie es als einen Hinweis nehmen konnten. Das Trockenfutter wurde natürlich auch nicht in einer luftdichten Box verstaut aufgehoben. Er schnüffelte verächtlich daran: die billigste Marke, in der Hauptsache Getreide. Er überlegte, dass er besser hinausgehen und etwas zur Strecke bringen sollte, wenn er seine Rippen daran hindern wollte zusammenzustoßen. Es war wohl angebrachter, auf den Arbeitsflächen nach Alternativen zu suchen. Ein gewisses Maß an Kraft musste er schon aufbieten, um seinen massigen Körper vom Boden auf den Tresen zu befördern, und einen Moment lang geriet er auf dem Rand des Spülbeckens ins Wanken, kämpfte mit dem Gleichgewicht, während seine Glocke bedrohlich bimmelte. Nachdem er sich dann doch im Griff hatte, schlenderte er mit einem Ausdruck von Nonchalance den Tresen entlang, als wäre seine Würde nie bedroht gewesen. Im Vorbeigehen entdeckte er im Spülbecken zwei Frühstücksbrettchen. Die Oberseite des einen bestand aus einer Ansammlung von geronnenem Eigelb und Stücken gebuttertem Toast. Er verschlang es, indem er mit seiner rauen Zunge die Reste vom Ei ableckte. Unterdessen dachte er daran, welchen Gefallen er den Leuten damit tat, ihren Abwasch zu machen.

Während er über dem Spülbecken hockte, blickte er aus dem Küchenfenster, um zu sehen, was es dort draußen Interessantes gab. Der Rasen war dicht und eine ausladende Eiche wuchs neben einer niedrigen Steinmauer. Also, es war nicht gerade Albuquerque. Wahrscheinlich auch nicht Kalifornien, zog man den gesunden Zustand des Grases in Betracht. Vielleicht befand er sich ja immer noch in Maryland. Irgendwie sah es schon wie zu Hause aus. Möglicherweise unterlag die Seelenwanderung einer limitierten geographischen Reichweite, ähnlich einer Radiostation, die auf UKW sendete. Nach ein paar Augenblicken angestrengter Überlegungen, während deren er seine nicht ganz saubere Vorderpfote putzte, kam es ihm in den Sinn, einen Blick auf das Wandtelefon über dem Tresen zu werfen. Die Zahlen ergaben einen Sinn für ihn, seine Fähigkeit zu lesen hatte er offensichtlich nicht verloren.

Aber klar doch, die Ortsvorwahl war 301, er befand sich gar nicht mal so weit von seinem Ausgangspunkt entfernt. Theoretisch konnte Giles sich sogar in Reichweite aufhalten. Er sollte darüber nachdenken, und zwar genau hier, von seinem Aussichtsplatz auf der Fensterbank aus, auf den die Sonne so wunderbar warm schien und ihn einlullte … zzzzz.

EINIGE STUNDEN SPÄTER wurde Danby durch eine wiehernde weibliche Stimme aufgeweckt, die nach jemandem rief: »Tigger! Komm auf der Stelle da runter! Bist du froh, dass Mommy wieder zu Hause ist, Sweetie?«

Danby öffnete ein Auge und bedachte die Frau mit einem verachtenden Blick. *Tigger?* Hatten die Demütigungen, die er ertragen musste, denn keine Grenzen? Eine frische Woge Prell Shampoo sagte ihm, dass diese selbst ernannte ›Mommy‹ die Herrin dieses bourgeoisen Bungalows war. Und passte sie nicht genau in dieses Klischee, mit ihrem Hosenanzug aus Polyester und ihrem in mehreren Stufen herabfallenden Kinn? Sie platzierte ihre Einkaufstüte und einen Stapel Post auf dem Tresen und streckte ihm ihre Arme entgegen. »Und ist mein Schmusekater denn bereit für ein Fresschen?«, gurrte sie.

Er betrachtete sie mit einem extravaganten Gähnen, gefolgt von seinem Furcht einflößenden Mongolenblick, doch seine Feindseligkeit war absolut verschwendet bei dieser Mrs. … (er warf einen Blick auf den Stapel Briefe) … Sherrod. Sie hörte überhaupt nicht auf ihn anzustrahlen, als hätte er sich penetrant bei ihr einzuschmeicheln versucht. Tatsächlich aber war er so sehr damit beschäftigt, die Adresse auf Mrs. Sherrods blöder Post zu entziffern, dass er sie kaum eines Blickes würdigte.

Er hatte die Stadt nicht verlassen! Sein Schwanz zuckte triumphierend. Morning Glare Lane kam ihm zwar nicht sonderlich bekannt vor, aber er war willens zu wetten, dass es sich um eine Straße in den Sussex Garden Estates handelte, ganz in der Nähe der Umgehungsstraße. Es war freilich ein paar Meilen von Giles Eskeridges imitierter Tudor-Monstrosität entfernt, doch mit ein wenig Glück und etwas Allgemeinwissen über den fließenden Verkehr konnte er es in ein paar Stunden dorthin schaffen. Schlug er sich durch die Felder, gelang es ihm vielleicht, unterwegs noch eine Maus zu vernaschen.

Durch den Gedanken an eine frische, schmackhafte Mahlzeit beschwingt, trottete Danby/Tigger auf die Hintertür zu und begann erbärmlich zu miauen, dabei streckte er seine Vorderpfoten so hoch er konnte an der Fliegentür empor.

»Aber Tigger!«, säuselte Mrs. Sherrod in höchst kokettem Ton. »Du weißt nur zu gut, dass sich im Badezimmer ein Katzenklo befindet. Du möchtest doch nur nach draußen, damit du herumstreunen kannst, nicht wahr?« Mit diesen Worten begann sie die Lebensmittel wegzuräumen und unmelodisch vor sich hin zu summen.

Danby fixierte seinen giftigen Blick auf ihre rückwärtige Figur und wandte sich dann seinem eigentlichen Problem zu, das auf der Hand lag. Oder besser gesagt: auf der Pfote. Genau da lag das Problem – keine Hände! Und doch, überlegte er, es musste einen Weg hier raus geben. Draußen war es sehr warm, und die äußere Tür war nur angelehnt, was bedeutete, dass sich nur die metallene Sturmtür zwischen ihm und der Freiheit befand. Der Riegel war von jener geraden Sorte, den man hinunterdrückte, wollte man die Tür öffnen. Danby überdachte alle Faktoren: Türgriff zirka neunzig Zentimeter über dem Boden; Riegel öffnet sich auf Druck von oben; fünfzehn Pfund schwere Katze drängt es nach draußen. Mit einem senkrechten Sprung, der Michael Jordan hätte erblassen lassen, katapultierte Danby sich nach oben auf den Riegel, der sich entgegenkommenderweise nach unten bewegte und die Tür unter dem Gewicht der katzenartigen Kanonenkugel öffnete. Als die Gravitation wieder die Oberhand gewann und ihn auf den Boden zurückbeförderte, befand er sich krallentief in kräftigem, süßlich duftendem Gras.

Während er in Richtung Straße sprang, vernahm er ein wehklagendes Jammern hinter sich. »Ti-iii-ggerr!« Es übertönte fast das Klingeln der verdammten Glocke um seinen Hals.

ZWANZIG MINUTEN SPÄTER sonnte Danby sich auf einem großen Findling inmitten eines verlassenen Feldes und erholte sich von den Strapazen der letzten Stunden. Aus einiger Entfernung vernahm er das Dröhnen der Autos auf der Interstate und der Geruch von Benzin schwappte mit einer leichten Brise zu ihm herüber. Während er durch die Nachbarschaft getrottet war, hatte er die Schilder mit den Straßennamen gelesen und konnte sich inzwischen ein genaueres Bild davon machen, wo er sich eigentlich befand. Windsor Forest, jener kleine protzige Vorort, den Giles als sein Zuhause bezeichnete, lag nur ein paar Meilen entfernt, und wenn es ihm gelang, die Interstate zu überqueren, brauchte er nur noch die Abkürzung durch den Wald zu nehmen. Er hoffte inständig, dass La Sherrod nicht auf die Idee verfallen war, einen Fahndungsaufruf wegen ihrer entlaufenen Katze in die Wege zu leiten. Sollte er sein Ziel erst einmal erreicht haben, war eine Störung durch die Leute von SPCA* das Letzte, was er gebrauchen konnte. Außerdem musste er dringend sein Halsband loswerden. Mit einer kleinen Glocke unterm Kinn ging er ja kaum als Streuner durch.

Glücklicherweise saß das Halsband locker, wahrscheinlich hatte das dichte Fell um seinen Kopf herum den Hals zweimal so dick erscheinen lassen. Nachdem er sich einmal dazu entschlossen hatte, bedurfte es nur weniger Minuten konzentrierter Arbeit, um das Halsband mit seinen Pfoten nach vorn zu schieben, bis es über seine Ohren rutschte. Dann folgte nur noch ein Kopfschütteln und –

* SPCA: Society for the Prevention of Cruelty to Animals. *Anmerkung des Übersetzers.*

Klingel! Klingel! – er verlor seine Identität als Tigger. Er fragte sich, wie viele Haustiere wohl auf diese Art eines guten Tages verschwanden und sich eine andere Identität zulegten, um dringlicheren Geschäften nachzugehen.

ER SCHAFFTE ES, DIE UMGEHUNGSSTRASSE noch vor 17 Uhr am Nachmittag zu erreichen und somit dem Feierabendverkehr zu entgehen. Da er einiges von Automobilen verstand, war es ein Leichtes für Danby, in einer Lücke zwischen den Wagen die Straße zu überqueren. Er verstand nicht, warum es Opossums solche Schwierigkeiten bereitete, über eine Straße zu gelangen. Auf der weißen Mittellinie lag eine überreife graue Leiche, ein stummer Beweis für die Unentschlossenheit beim Passieren einer Straße. Im Vorbeigehen schnupperte er oberflächlich daran, aber diese Straßenleiche war schon jenseits von Gut und Böse, um außer den Geiern noch jemand anderen zu interessieren.

Auf der gegenüberliegenden Seite lief Danby wieder in die Felder und stellte sicher, dass er parallel zur Straße lief, die nach Windsor Forest führte. Gelegentlich wurde seine Aufmerksamkeit von einer Schar Vögel über ihm oder durch das Rascheln einer Feldmaus abgelenkt, aber er lief unbeirrt weiter. Wenn er das Anwesen der Eskeridges nicht mehr vor Einbruch der Dunkelheit erreichte, musste er bis zum nächsten Morgen abwarten, um sich bemerkbar machen zu können.

UM AN GILES HERANZUKOMMEN, musste er wohl oder übel erst um die Gunst von Julie Eskeridge buhlen. Er fragte sich, ob sie bedürftigen Tieren gegenüber skeptisch war. Er konnte sich nicht daran erinnern, ob sie jemals eine Katze besessen hatten oder nicht. Ein nicht sterilisiertes Weibchen käme jetzt gerade recht, dachte er, eine Siamesin vielleicht, mit großen blauen Augen und einer sexy Stimme.

Danby ging davon aus, dass es ihm wenig Probleme bereiten würde, Giles' Haus zu finden, schließlich war er oft genug als Gast dort gewesen. Übrigens hatte ihre Firma einige der überzogenen Anwesen in diesem ausgedehnten Vorort geplant und gebaut. Danby hatte sich einst darüber mokiert, dass sie diese palladianischen Fenster en gros kauften, seit jeder neureiche Hausbauer auf mindestens einem Paar bestand, egal was für eine Art Hütte er sich hochgezogen hatte. Giles konnte über Danbys Äußerung nicht lachen, das konnte er sowieso nur selten. Was Giles an Humor abging, fehlte ihm ebenso an Skrupeln und moralischer Zurückhaltung. Auf der anderen Seite komprimierte er diese Unzulänglichkeit mit einem hoch entwickelten Instinkt zum Geldmachen und Geldhorten. Und während ihm Danbys Sinn für Design und Ausführungen fehlte, bewies er sich als Genie, wenn es darum ging, wohlhabende Klienten aufzutreiben und diese geschmacklosen Rowdys zu überreden, ein Vermögen in ihre Vorzeigehäuser zu investieren. Danbys selbst gesetzte Grenze war schon erreicht, wenn es darum ging, eine antike Sheraton-Anrichte zu zerstückeln, um sie dann als Badezimmerunterschrank zu degradieren. Als er aber davor zurückschrak, sich an einem Umweltskandal zu beteiligen, hatte Giles das Gewissen seines Partners als einen Luxus betrachtet, den die Firma sich nicht leisten konnte. Aus dieser Einschätzung resultierten dann vermutlich das seichtfeuchte Grab neben der Baustelle und Danbys neues Leben als Katze. Es war ziemlich unfair von Giles gewesen, überlegte sich Danby. Seit dem College waren sie Freunde, und nachdem Danbys Eltern gestorben waren, hatte er ein Testament aufgesetzt, aus dem hervorging, dass nach seinem Tod alle Anteile am Geschäft auf Giles übergingen. Und womit hatte Giles ihm diese Freundschaft gedankt? Mit dem stumpfen Ende einer Schaufel. Danby legte einen Stopp ein, um seine Krallen an der Rinde einer Pinie zu wetzen. Aber wirklich, überlegte er, Giles verdiente absolut keine Gnade. Was in diesem Fall ganz gut kam, denn als Katze besaß Danby nicht viel davon.

DIE SONNE STAND NIEDRIG hinter den Pinien, als Danby den imitierten Tudor-Kasten der Eskeridges erreichte. Der Duft eines anderen Katers, eines kastrierten orangefarbenen, hatte ihn kurzfristig en route aufgehalten. Selbst seine Farbenblindheit hinderte ihn nicht daran, eine orangefarbene Katze zu erkennen. Vielleicht lag es an der bestimmten Grauschattierung oder an den weißen Flecken auf Hals und Brust. Er war dem anderen hinterhergejagt und hatte den Versuch einer Kommunikation unternommen, aber soweit er es beurteilen konnte, befand sich hinter den leeren grünen Augen keine nennenswerte Intelligenz. Da war überhaupt keine Intelligenz, und soweit es Danby betraf, hätte er sich auch mit einem Strauch unterhalten können. Nachdem ihn das unerschütterliche Starren des Eunuchen ermüdet hatte, war er von dannen marschiert und hatte zugunsten seiner Mission auf weitere soziale Experimente verzichtet.

Eine Zeit lang hockte er unter der Forsythienhecke in Giles' Vorgarten und suchte das Haus nach irgendwelchen Lebenszeichen ab. Er lehnte es strikt ab, sich von einem Haufen Spatzen ablenken zu lassen, die in einem Vogelbad herumtollten, auch wenn er wusste, dass er verhungern würde, wenn ihm nicht bald eine Mahlzeit unterkam. Die Idee, seinen massigen Körper auf ein paar Gramm zwitschernder Singvögel zu stürzen, ließ seinen Gesichtsausdruck noch verbotener aussehen als üblich. Er leckte seine Vorderpfoten und schielte in Richtung des ruhigen Hauses.

Ungefähr zwanzig Minuten später vernahm er das Brummen eines Motors und Benzindämpfe reizten erneut seine Nase. Danby blinzelte rechtzeitig unter der Hecke hervor und sah den Mercedes von Julie Eskeridge um die Ecke des Windsor Way biegen. Nachdem er hastig sein Fell glatt geleckt hatte, schlenderte er auf die Auffahrt zu, genau in dem Moment, als der Wagen hinauffuhr. Nun kam der schwierigste Teil: Wie konnte man Julie Eskeridge beeindrucken, ohne ein Scheckbuch zur Hand zu haben?

NIE ZUVOR WAR IHM aufgefallen, wie sehr Giles' Frau einer Giraffe glich. Angesichts ihrer großen Füße, die sie aus dem Wagen schwang und gefährlich dicht an seiner Nase vorbeiführte, musste er blinzeln. Ihren Füßen folgten zwei Nachbildungen der Alaska-Pipeline, beide in Nylons verpackt. Es schien ihm klüger, sie nicht anzuspringen; eine Kralle in diese Strümpfe und er hätte einen Feind fürs Leben. Julie gehörte übrigens zu jenen Leuten, die Küsse in die Luft warfen, um ihr Make-up keinen unnötigen Gefahren auszusetzen. Statt ihre Aufmerksamkeit am Auto auf sich zu ziehen – dort konnte sie ihn leicht mit einem ihrer Pfennigabsätze aufspießen –, sprang er auf die Stufen der vorderen Veranda und begann jämmerlich zu miauen. Als Julie die Stufen erreichte, schaute er sie mit weit aufgerissenen flehenden Augen an und wartete darauf, gestreichelt zu werden.

»Sch, Katze!«, fauchte Julie und stupste ihn mit dem Fuß weg.

Nachdem ihm die Tür ins Gesicht fiel, realisierte Danby, dass er sich vollkommen verkalkuliert hatte, genauso wie er es versäumt hatte, sich einen Notfallplan auszudenken. Eine schöne Misere, in der er da steckte. Nicht genug, dass man ihn ermordet und zu einem Katzendasein verdammt hatte, jetzt war er auch noch obdachlos.

ALS GILES ZWANZIG MINUTEN später nach Hause kam, lungerte er immer noch auf den Stufen herum, mehr oder minder weil ihm keine Alternative einfiel. In dem Augenblick, als Giles' schwarzer Sportwagen hinter Julies Mercedes zum Halten kam, war sein erster Impuls davonzulaufen, doch dann fiel ihm ein, dass Giles ihn wohl kaum als seinen alten Geschäftspartner wieder erkannte. Davon abgesehen war er neugierig, wie ein davongekommener Mörder ausschaute. War Giles von Reue gezeichnet? Zuckte er schuldbewusst zusammen, wenn er in der Nähe Polizeisirenen hörte?

Giles Eskeridge trällerte vor sich hin. Braun gebrannt und lächelnd kletterte er aus seinem Wagen, während er fröhlich und unmelodisch pfiff. Danby trottete vorwärts, um seinen Mörder mit dem hochmütigsten Blick zu konfrontieren. Giles' Reaktion entsprach nicht ganz der, die er erwartet hatte.

Giles erblickte die große flauschige Katze, ging sofort auf die Knie und flötete: »Komm her, mein Kätzchen!«

Danby schaute ihn an, als hätte man ihn gerade dumm angemacht.

»Sind wir aber eine Schönheit!«, meinte Giles und streckte der fremden Katze seine Hand entgegen. »Ich wette, du bist eine Katze mit Stammbaum, oder, mein Freund? Hast dich wohl verlaufen, Junge?«

Obgleich es ihn schmerzte, sich mit einem reuelosen Killer abzugeben, schlenderte Danby auf die ausgestreckte Hand zu und erlaubte ihr, seine Ohren zu streicheln. Er vermutete, dass Giles' Interesse an ihm seine einzige Chance war, nun ins Haus zu gelangen, denn es war offensichtlich, dass Julie keine Katzennärrin war. Wer aber hätte den herzlosen Giles für einen Katzenfreund gehalten? Wahrscheinlich trafen hier die viel gerühmten Gegensätze aufeinander, entschied Danby.

Er ließ sich hochheben und ins Haus tragen, während Giles seinen Rücken kraulte und ihm zusäuselte, was für eine schöne Katze er doch sei. Es kam einer Demütigung gleich, war aber eine deutliche Verbesserung von Giles' Benehmen seit ihrer letzten Begegnung. Drinnen rief Giles nach Julie: »Sieh mal, wen ich gefunden habe, Honey!«

Madam kam aus der Küche und verzog das Gesicht. »Diese scheußliche Katze!«, erwiderte sie. »Setz sie gleich wieder vor die Tür!«

An dieser Stelle konzentrierte Danby all seine Energie darauf zu schnurren. Irgendwie klang es wie schnarchen, entschied er, und doch hatte es den erhofften Erfolg bei seinem zukünftigen Opfer, denn Giles machte sich plötzlich auf ins Wohnzimmer, ließ sich in einen Armsessel fallen, setzte Danby auf seinen Schoß und bedachte ihn mit noch mehr Streicheleinheiten und Lob. »Er ist wunderschön, Julie«, erklärte er seiner Frau. »Ich wette, er ist ein reinrassiger Maine Coon. Wahrscheinlich ein paar hundert Dollar wert.«

»Genau wie meine Wollteppiche«, antwortete Mrs. Eskeridge. »Und meine neuen Sofas! Und wer wird seine Schweinereien wegmachen?«

Sharyn McCrumb

Das war Danbys Stichwort. Er hatte bereits über diese Pièce de Résistance während seines Feldzuges nachgedacht. Mit einer Art Trällern, das so viel wie »Hier entlang, Leute« bedeutete, sprang er vom Schoß seines Ex-Partners und machte sich auf den Weg zum Badezimmer im Keller. Von den Dinnerpartys wusste er, dass die Tür immer angelehnt war. Auf diesen Moment hatte er hingearbeitet. Während Giles und seine Alte ihn vom Durchgang aus beobachteten, hüpfte Danby auf den Toilettensitz, wackelte mit seinem eleganten bauschigen Schwanz und benutzte die Toilette auf die korrekte Weise.

Er fühlte ein seltsames Kribbeln unter seinen Pfoten und wollte an etwas kratzen, um es zu unterdrücken, doch er ignorierte diesen Drang und aalte sich stattdessen in dem exaltierten Lob seines selbst ernannten Herrn und Meisters. Warum hatte Giles sich nicht genauso enthusiastisch über sein Design für das Jenner-Gebäude äußern können?, schmollte Danby. Bei einigen Leuten war das Gefühl für Werte eben pervertiert. In der Zwischenzeit aber konnte er genauso gut die Freude der Eskeridges über seine Fähigkeit des Schüsselpinkelns genießen; es gab schließlich nicht viele Wege für Katzen, höhere Intelligenz zu beweisen. Weder konnte er Shakespeare zitieren noch den Wein zum Essen klassifizieren. Glücklicherweise ging das Verhalten von Katzen während der Toilette als Genialität durch, und in diesem Fall war sogar Julie Eskeridge ob seiner Fähigkeiten beeindruckt. Nach dieser Aktion war klar, dass Giles ihn nicht wieder der kaltherzigen Welt aussetzte. Stattdessen trug man ihn zurück in die Küche und öffnete zu seiner kulinarischen Befriedigung eine Dose Thunfisch. Er musste aus einer Schüssel auf dem Boden essen, doch – ein kleiner Trost – es war wenigstens eine Royal Doulton. Während er fraß, hörte er im Hintergrund Giles, der seiner Begeisterung darüber Ausdruck gab, was für eine wundervolle Katze er doch war.

Er war drinnen!

»Kein Halsband, Julie. Jemand muss ihn auf dem Highway ausgesetzt haben. Wie sollen wir ihn nennen?«

»Varmint«, schlug seine Frau vor. Sie war echt hardcore.

Giles ignorierte ihren Mangel an Enthusiasmus für sein neu entdecktes Wunderwesen. »Ich glaube, ich werde ihn Merlin nennen. Schließlich ist er ein richtiger Katzenzauberer.«

Merlin? Danby sah auf, den Mund voller Thunfisch. Was soll's, besann er sich, Merlin und Thunfisch waren allemal besser als Tigger und billiges Trockenfutter. Man konnte schließlich nicht alles haben.

KURZ DANACH STIEG ER zu einem vollwertigen Mitglied des Haushalts auf, er besaß eine neu erworbene Futterschüssel aus Plastik, ein Spielzeug in Form einer Maus und ein neues verdammtes Halsband mit einer neuen verdammten Glocke daran. Danby hatte dem Instinkt widerstanden, Giles den Daumen abzubeißen, als dieser ihm das abscheuliche Halsteil über das Fell zog. Inzwischen war er an das wahnsinnige Läuten gewöhnt, das ihn auf Schritt und Tritt begleitete. Was fanden die Menschen bloß an diesen Glocken?

Natürlich machte das dumme Glöckchen seine Pläne, außerhalb des Hauses Singvögel zu jagen, zunichte. Jetzt musste er schneller als der Schall sein, wollte er einen Spatz erwischen, aber er kam eh nicht oft nach draußen. Giles schien zu befürchten, dass er sich wieder aus dem Staub machen könnte, und achtete daher sehr darauf, Danby im Haus zu halten.

Für Danby war es ganz okay. Es gab ihm die Möglichkeit, sich genauestens mit dem Haus und der Routine seiner Bewohner vertraut zu machen – alles nützliche Informationen für seinen Racheplan.

Bisher war er (der alte Danby, in diesem Fall) in den Unterhaltungen der Eskeridges nicht vorgekommen. Er fragte sich, mit was für einer abenteuerlichen Geschichte Giles sein Verschwinden erklärt hatte. Offensichtlich war seine Leiche nie gefunden worden. Also oblag es ihm, den Schuldigen zu bestrafen.

Danby freute sich über die Tage, an denen Giles und Julie das

Haus verließen. Dann verzichtete er auf seine morgendlichen, vormittäglichen und nachmittäglichen Schläfchen, um jedes Zimmer seiner Behausung nach tödlichen Waffen zu durchsuchen: Medizinfläschchen vielleicht oder kleinen elektrischen Geräten, die man in die Badewanne schubsen konnte.

Bisher hatte er von Unfällen Abstand genommen, aus Angst, der falsche Eskeridge könnte ihnen zum Opfer fallen. Er mochte Julie zwar genauso wenig wie sie ihn, aber er hatte keinen Grund, sie um die Ecke zu bringen. Die ganze Angelegenheit bedurfte genauester Vorbereitung. Zudem konnte er sich alle Zeit nehmen, sämtliche Eventualitäten für eine Rache in Betracht zu ziehen. Das Futter war gut, der Job als Hauskatze anspruchslos und außerdem genoss er die Ironie, von seinem Opfer geliebt zu werden. Giles besaß mit Sicherheit mehr Qualitäten als Besitzer denn als Partner.

Eine abendliche Unterhaltung zwischen Giles und Julie brachte ihn allerdings zu der Überzeugung, dass er seine Vorbereitungen beschleunigen musste. Nach einem gebackenen Hühnchen – die Knochen hatten sie ihm nicht gegeben – saßen sie zusammen im Wohnzimmer. Giles war der Überzeugung, dass sie in seinem Magen zerbrechen und ihn umbringen würden. Danby räkelte sich auf dem Teppich vor dem Kamin, gab so lange vor zu schlafen, bis sie ihn vergessen hatten und er in die Küche schleichen konnte, um den Abfall zu durchwühlen. Der Kerl hatte das Rauchen aufgegeben, nicht wahr? Und nachdem er eines Nachts ein wenig von Giles' Scotch geschlabbert hatte, schien es ihm, als hätte er seinen Geschmack dafür auch verloren. Wie viel Besonnenheit musste er denn noch ertragen?

»Wenn du diesen Kater wirklich behalten möchtest, Giles«, schwafelte Julie Eskeridge vor sich hin und betrachtete dabei ihre frisch polierten Krallen, »werde ich wohl diejenige sein, die ihn zum Tierarzt karrt.«

»Tierarzt? Habe ich noch gar nicht drüber nachgedacht. Natürlich, er muss wohl ein paar Spritzen bekommen«, murmelte Giles in seine Zeitung vertieft. »Gegen Tollwut und so weiter.«

»Und wenn wir schon dabei sind, können wir ihn gleich kastrieren lassen«, führte Julie weiter aus. »Sonst fängt er noch damit an die Vorhänge zu markieren.«

Danby wurde in Alarmbereitschaft versetzt. Um ihnen keine Gelegenheit zu geben, seine Reaktion zu bemerken, konzentrierte er sich darauf, eine vollkommen saubere Vorderpfote zu reinigen. Es war an der Zeit, bei seinen Rachegedanken einen schnelleren Gang einzulegen, oder er würde als Sopran weitermiauen. Auch musste er seine Skrupel unschuldigen Anwesenden gegenüber ablegen: Jetzt war es nur noch eine Frage der Selbstverteidigung.

In dieser Nacht wartete er, bis es im Haus dunkel und still war. Normalerweise gingen Giles und Julie gegen halb zwölf ins Bett und löschten alle Lichter, was ihn jedoch kalt ließ. Er genoss es, durch das ruhige Haus zu schleichen und dabei seine Infrarotsehkraft zu benutzen, auch wenn er zugegebenermaßen das nächtliche Fernsehen vermisste. Einmal hatte er sogar überlegt, den Fernseher mit der Pfote einzuschalten, hielt es dann aber für verfrüht, selbst für eine Katze mit dem Namen Merlin. Danby hatte schließlich kein Interesse daran, mit Kabeln im Kopf in irgendeinem Verhaltenslabor zu enden.

Sharyn McCrumb

Er untersuchte seine Sammlung an Katzenspielzeug, das Julie in seinem Katzenkorb verstaute, da sie jede Form von Unordnung verabscheute. Er besaß ein Spielzeug in Gestalt einer Maus, einen Gummifisch und einen kleinen roten Ball. Giles hatte den Ball in der lächerlichen Annahme angeschafft, Danby dazu zu bringen, mit ihm Fangen zu spielen. Während er ihn über den Boden rollen ließ, hatte Danby ihn verächtlich angesehen und es die folgende Viertelstunde hindurch genossen, Giles dabei zu beobachten, wie dieser auf Händen und Füßen den Ball misshandelte und versuchte, Danby das Fangen beizubringen. Schließlich hatte Giles aufgegeben und seitdem steckte der Ball im Katzenkorb. Danby schnappte ihn mit den Zähnen und schleppte ihn nach oben. Giles und Julie gingen für gewöhnlich auf der rechten Seite die Treppe hinunter, nicht wahr? Dort befand sich das Geländer. Vorsichtig platzierte er den Ball auf der dritten Stufe von oben, ungefähr an der Stelle, auf die ein menschlicher Fuß treten würde. Ein Fallseil wäre sicher aussichtsreicher, aber Danby war nicht in der Lage, die dafür notwendige Technologie anzuwenden.

Was konnte er sonst tun, um das Leben der Eskeridges zu gefährden? Ihr Essen vergiften ging schlecht, und seit sie ihn mit einem Flohhalsband ausgestattet hatten, konnte er nicht mal mehr darauf hoffen, die Beulenpest im Hause ausbrechen zu lassen. Sie mit Zähnen und Krallen zu attackieren schien zu tollkühn, selbst wenn sie schliefen. Derjenige, der nicht gebissen wurde, würde sich wehren und eine fünfzehn Pfund schwere Katze konnte mit Leichtigkeit von einem Menschen getötet werden, der dazu entschlossen war. Selbst wenn sie ihn nicht auf der Stelle umbrachten, konnten sie ihn doch sofort loswerden, was seine Chancen für immer zunichte machte. Es war zu riskant.

Er musste unauffällig vorgehen. Danby untersuchte das Haus weiter nach todsicheren Möglichkeiten. In der Nähe der Badewanne befanden sich keinerlei Elektrogeräte, außerdem duschte Giles. In einem anderen Leben wäre Danby sicherlich dazu in der Lage gewesen, den elektrischen Rasierapparat umzupolen, um dessen Benutzer einen Schlag zu versetzen, aber diese Heldentat lag jenseits seiner momentanen Befähigungen. Kein Wunder, dass die Menschen die Herrschaft über die Erde erlangt hatten; sie verstanden so verdammt viel vom Töten.

Selbst seine Versuche, Hilfe zu rekrutieren, erwiesen sich als ein äußerst fruchtloses Unterfangen. Bei einer seiner seltenen Ausflüge nach draußen – Giles war golfen gegangen und er war nach draußen entwischt, ohne dass Julie etwas bemerkte – hatte Danby die Nachbarschaft erkundet und nach einer … okay, zugegeben … Pussy Ausschau gehalten. Stattdessen war er nur auf dämliche Streuner gestoßen und einen Dobermann, der aber definitiv etwas darstellte. In Anbetracht der allgegenwärtigen Hauer dieses Biests hatte Danby die Konversation auf ein Minimum beschränkt. Danby vermutete, der Dobermann sei in seinem früheren Leben ein Agent der Steuerbehörde gewesen. Natürlich, der Hund hatte ihm verklickern wollen, ein Serienkiller gewesen zu sein, aber höchstwahrscheinlich nur, um Danby in einem falschen Gefühl von Sicherheit zu wiegen. Auch wenn die Töle Danbys Pläne zur Tötung von Menschen guthieß, war sie an einer Verschwörung nicht weiter interessiert. Warum die Probleme anderer lösen und die Gaskammer riskieren!

Danby selbst hegte gewisse Skrupel, etwas zu Drastisches zu unternehmen, wie zum Beispiel das Haus abzufackeln. Er war nicht daran interessiert, ein Unglück zu inszenieren, das ihn als eines der Opfer einschließen konnte. Nachdem er weitere zermürbende Stunden durch das dunkle Haus geschlichen war, streckte er sich auf dem Sofa aus, um sich etwas auszuruhen, bevor er weitere Pläne schmiedete. Wenn er ausgeruht war, konnte er besser nachdenken.

Das Nächste, was Danby spürte, war ein rücksichtsloser Griff um den Hals, der ihn nach vorn zog. Er öffnete die Augen, bemerkte, dass es Morgen war und die Hand an seinem Kragen Julie Eskeridge gehörte, die versuchte, ihn in einen metallenen Katzenkorb zu verfrachten. Er versuchte sich im Sofa festzukrallen, aber es war zu spät. Noch bevor er blinzeln konnte, hatte sie ihn am Schwanz hochgezogen und in die Box geschoben. Er konnte gerade noch seinen Schwanz aus dem Weg ziehen, bevor sie die Tür hinter ihm zuschlug. Danby rollte sich in der Box zusammen, schielte aus den Seitenschlitzen und überlegte, was als Nächstes zu tun sei. Offensichtlich hatte sich der Gummiball auf der Treppe als miese Tatwaffe zum Morden herausgestellt. Hätte er nicht als Berglöwe zurückkommen können?

Auf dem Weg zum Wagen schäumte Danby vor Wut über sein Pech. Der Gedanke daran, wo es hinging und was kurz nach seiner Ankunft mit ihm geschehen würde, machte es auch nicht besser. Julie Eskeridge setzte den Katzenkorb auf den Rücksitz und schlug die Tür zu. Als sie den Wagen startete, heulte Danby aus Protest.

»Ruhe dahinten!«, bellte Julie. »Du kannst nichts daran ändern.«

Das werden wir noch sehen, dachte Danby und drehte sich, um aus der Tür seines Käfigs zu sehen. Die Gitterstäbe der Tür waren ungefähr drei Zentimeter auseinander und es gab keine Maschen zwischen ihnen. Er bemerkte, dass es relativ leicht war, eine Pfote hindurch nach außen zu schieben. Wenn er jetzt noch einen Blick auf die Funktionsweise des Schlosses werfen konnte, bestand vielleicht eine winzige Chance, sich zu befreien. Er rollte sich auf die Seite und blinzelte zum Metallriegel empor. Es schien ein Riegel der besseren Sorte zu sein. Um den Korb zu verschließen, musste man den Metallriegel in einen Sockel schieben und ihn verdrehen, damit er einrastete. Wenn es ihm gelang, den Riegel nach oben zu drücken und ihn nach hinten zu verschieben …

In einem Auto, das die Geschwindigkeiten wechselte und sich in Kurven legte, war es nicht einfach zu manövrieren. Danby fühlte, dass ihm bei seinem Versuch, sich zu konzentrieren, ganz schön schwindelig wurde, da der Korb hin und her gestoßen wurde. Nachdem sie schließlich die Interstate erreicht hatten, sauste der Wagen gleichmäßig dahin und es gelang es ihm, seine Pfote an der richtigen Stelle unterhalb des Riegels zu positionieren. Er begann ihn sachte nach oben zu schieben. Ganze drei Minuten benötigte er, um den Riegel nur um den Bruchteil eines Zentimeters zu bewegen. Der Riegel befand sich jetzt außerhalb des Sockels. Allerdings gab es kein Entkommen aus dem Wagen, Julie hatte die Fenster geschlossen und sie fuhren über sechzig Meilen in der Stunde. Danby verbrachte eine volle Minute damit, über sein Dilemma nachzugrübeln. Aber von welcher Seite er sein Problem auch betrachtete, es bot sich ihm immer wieder dieselbe Alternative: Versuch etwas Verzweifeltes oder geh unters Messer. Gut, es war nicht so, dass Sterben eine große Sache war, es gab schließlich immer ein nächstes Mal. Schnell, bevor die Angst ihn zurückhielt, warf Danby seine Masse gegen die Tür des Katzenkorbes und landete mit einem dumpfen Schlag auf dem Boden vor dem Rücksitz. Er sprang zurück auf den Sitz und danach mit einem von Herzen kommenden Schnurren in die Luft, landete gefährlich dicht am Rand von Julie Eskeridges rechter Schulter und krallte sich in ihr fest, um nicht hinunterzufallen. Das Letzte, an das er sich erinnerte, waren Julies Schreie und das Gefühl, dass der Wagen außer Kontrolle geriet.

ALS DANBY DIE AUGEN öffnete, lief die Welt um ihn herum immer noch in Schwarzweiß ab und er vernahm gedämpfte Stimmen und erschnüffelte ein Durcheinander von Gerüchen: Blut, Benzin und Rauch. Er rappelte sich mühsam auf und fand sich immer noch weniger als dreißig Zentimeter über dem Boden und immer noch im Fell. Immer noch Eskeridges Katze. In einiger Entfernung sah er das Wrack von Julies Auto.

Eine ihm bekannte Stimme erklärte über ihm: »Er muss während des Unfalls hinausgeschleudert worden sein, Officer. Es handelt sich definitiv um Merlin. Meine arme Frau wollte mit ihm zum Tierarzt.«

Ein stämmiger Polizeibeamter bäumte sich neben Giles auf und nickte mitfühlend. »Ich glaube, es ist wahr, was man immer über Katzen sagt, Sir. Ich meine das mit den neun Leben. Das mit Ihrer Frau tut mir sehr Leid. Sie hatte nicht so viel Glück.«

Sharyn McCrumb

Giles ließ seinen Kopf hängen. »Nein. Es ist schon eine große Belastung. Zuerst verschwindet mein Geschäftspartner spurlos und nun verliere ich noch meine Frau.« Er beugte sich vor und hob Danby hoch. »Wenigstens bleibt mir meine wunderschöne Miezekatze zum Trost. Komm, mein Junge. Lass uns nach Hause gehen.«

Danbys boshafter gelblicher Blick geriet nicht ins Wanken. Ohne Protest ließ er sich zu Giles' Wagen hinübertragen. Er konnte abwarten. Katzen waren Meister im Warten. Außerdem war das Leben mit Giles gar nicht so übel, jetzt wo Julie nicht mehr da war, um ihn zu schikanieren. Danby würde es eine Weile lang verkraften, von einem nachsichtigen Menschen verhätschelt und mit Gourmetfutter voll gestopft zu werden. Später würde er dann die Kontrolle über das Haus übernehmen. In der Zwischenzeit konnte er ja gelegentlich den Ball auf die Treppe legen und sich noch andere Spielchen für Giles ausdenken, während er darauf wartete, dass die Polizei aufkreuzte, um Giles nach seinem vermissten Partner zu befragen. Wenn nicht, konnte Danby daran arbeiten, sich weitere Methoden zum Töten von Menschen auszudenken. Früher oder später würde er sicher ganz erfolgreich sein. Katzen hatten endlos viel Geduld, wenn es darum ging, hinter ihrer Beute herzujagen.

»Nun gibt es nur noch dich und mich, Kumpel«, meinte Giles und setzte seinen Kater auf den Beifahrersitz.

Nachdem er Giles erledigt hatte, konnte er vielleicht den Bauunternehmer aufspüren, den Giles bestochen hatte, damit er sein schmutziges Geheimnis für sich behielt. Der verdiente es auf jeden Fall zu sterben. Und nicht zu vergessen dieses fiese Weibsstück, das neben Danby gewohnt und sich ewig über die Stereoanlage und seine einjährigen Pflanzen aufgeregt hatte. Vielleicht noch dieser mürrische Oberkellner im *Chantage*. Streunende Katzen traf man schließlich überall an.

Danby begann zu schnurren.

Gratefull Cat

Bentley Little

CONNIE

Von nun an wollte sie ein Hippie sein.

Das war zu viel. Al hatte sich mit ihren vorhergehenden Spleens und Launen abfinden müssen, ihrem kurzen Ausflug in die Welt der Mode und ihrem Flirt mit der mondänen Welt des Jetset. Aber er würde es nicht zulassen, dass diese dreckigen, übelriechenden, bärtigen, langhaarigen Freaks mit den Reifenprofilsandalen über das Haus herfielen, bloß weil Connie sich in den Kopf gesetzt hatte, sich mit der Hefe des Volkes zu verbünden, die aus irgendeinem unchristlichen Grund ewig den kulturellen Leithammel der Nation abgab.

»Das Volk.« Momentan war das ihre liebste Redewendung. Sie wollte eins mit dem Volk sein, ihm zu seiner Macht verhelfen, damit es endlich gelang, den Krieg zu beenden, der dem Volk aufgedrängt worden war. Das Volk, das Volk, das Volk …

Es störte sie nicht, dass sie eine reiche Schlampe war, die im Anwesen ihrer Mutter lebte, noch nie auch nur einen Tag lang ehrlich gearbeitet hatte und einen wahren Menschen nicht erkannte, selbst wenn er ihr in den Arsch biss. Um es deutlich zu sagen, ihr war eine Sicherung durchgeknallt, und sie war drauf und dran, auch mit ihrem neuen Image in die Meisterliga aufzusteigen, in dem sie Gruppen und Organisationen finanziell unterstützte, die viel zu visionär und progressiv waren, um vom Durchschnittsamerika wahrgenommen zu werden. Für ihre Zeit war sie darin geradezu revolutionär.

Wahrscheinlich würde sie in sechs Monaten längst genug davon haben und sich einer anderen Sache zuwenden, einem neuen

Trend, doch solange sie ein Hippie war, engagierte sie sich. Wenn man ihr überhaupt etwas nachsagen konnte, dann dass sie hingebungsvoll war. Sie tauchte vollkommen ein in ihre jeweiligen neu entdeckten Leidenschaften, egal als wie vergänglich sich diese Vernarrtheiten letztlich herausstellten, was keinen Unterschied machte.

Nur, diesmal würde er nicht mitmachen.

Es war ja nicht so, dass er Blumenkinder aus ästhetischer Sicht abstoßend fand (er tat es aber), es war ihr Werturteil, gegen das er Einspruch erhob, ihre Ablehnung allem gegenüber, was ihm am Herzen lag. Er billigte auch ihre Demonstrationen gegen den Krieg nicht, ihr fortwährendes … Agitieren. Sein einziger Sohn, Jimmy, war drüben in Vietnam, und er war stolz auf seinen Jungen. Doch in der letzten Zeit begann er sich für seinen Glauben zu genieren, dafür, dass er sein eigenes Kind moralisch unterstützte – und er mochte dieses Gefühl überhaupt nicht. Gerade gestern hatte so ein mädchenhafter Junge, der zerrissene Latzhosen trug, sich mit ihm gefetzt und Al schließlich dazu gebracht, zugeben zu müssen, dass er nicht wisse, warum permanent amerikanische Truppen nach Vietnam geschickt wurden. Darum ginge es doch gar nicht, hatte er dem Kind beizubringen versucht. Wenn dein Land dich auffordert, etwas zu tun, dann hast du es zu tun. Das bedeute es schließlich, Amerikaner zu sein. Aber tief in seinem Innersten war er verunsichert, vielleicht weil etwas – irgendetwas – von dem, was der Junge sagte, einen Sinn machte oder auch nur der Tatsache wegen, dass es ihm gelungen war, ein derartiges Zugeständnis aus ihm herauszubringen.

Er fühlte sich seinem Sohn gegenüber unloyal. Auch wenn er sich für charakterstark hielt, war auch er inzwischen vom Radikalismus korrumpiert, der sich über das ganze Land ausbreitete.

Aus diesem Grund ging ihm Connies gegenwärtiger Lebensstil so wahnsinnig gegen den Strich. Connie war schwach, klebte an jeder aufkommenden Marotte wie ein Magnet an einer Pinnwand. Mit dem Unterschied, dass dieser Flower-Power-Quatsch viel gefährlicher war als alle vorigen. Es ging nicht um bloße Kosmetik oder eine Art, sich nach außen hin zu geben. Nein, hier ging es um Verhaltensweisen, um Denkweisen.

Auf dem Küchentresen lag eine Notiz von Connie, und Al nahm sie, ohne einen Blick darauf zu werfen, und steckte sie in seine Jackentasche.

Er trat ins Foyer hinaus, um die Post zu holen, und im Vorbeigehen sah er zu den Familienporträts an den schiefen Wänden.

Ihre Mutter war ein Star gewesen, genau wie ihre Tante. Doch Connie war nur berühmt, weil sie einen berühmten Namen hatte, und sie genoss all die Vorzüge, die damit verbunden waren, selbst wenn sie über keinerlei Talent verfügte. Halbherzig war sie zu einigen Auditions gegangen – letztes Jahr für Blofelds Vertraute in *You Only Live Twice*, dieses Jahr im Frühling für Statistenrollen in *Duffy* und *Sebastian*. Aber sie hatte die Rollen nicht bekommen und eigentlich auch nicht wirklich gewollt. Sie wusste nicht, was sie wollte, und genau da lag ihr Problem.

Allerdings machte es auch einen Teil ihres Charmes aus.

Und Connie konnte charmant sein.

Darum war er ja so lange geblieben, hatte die frustrierenden Jahre zielloser pubertärer Verhaltensweisen ertragen, das endlose Zurückweichen vor jeglicher Verantwortung eines Erwachsenen. Wenn sie wollte, konnte man endlosen Spaß mit ihr haben, und die meiste Zeit über hatte es ihm gefallen, für sie zu arbeiten.

Der Korb neben dem Briefschlitz war leer. Offensichtlich hatten Mavis oder Kate die Post aufgehoben, denn er entdeckte einen Stapel Umschläge auf dem Tischchen unter Connies Porträt.

Er griff sich die Briefe, Einladungen und Rechnungen, und begann sie durchzusehen – dann läutete es an der Tür.

Al erstarrte. Er schaute zur Tür, doch mit einem Mal war ihm ganz komisch und er stand dort wie taub, die Post in der Hand, und bewegte sich nicht. Er machte keine Anstalten die Tür zu öffnen, bis es abermals läutete.

Langsam schleppte er sich vorwärts. Er hatte keine Ahnung,

warum er davon ausging, dass es sich um schlechte Nachrichten handelte. Es konnte Velma sein. Oder Hank. Oder Robbie, Audrey oder Cheryl. Es konnte eine Gruppe dieser widerlichen Hippies sein, die nur kamen, um nach etwas Essbarem zu schnorren, aber irgendetwas sagte ihm, dass es nichts von alledem sei. Er öffnete die Tür und stand einem Mann gegenüber, der ihm ein Western-Union-Telegramm entgegenhielt.

»Al Johnson?«

Sein Herz sank ihm in die Hose.

Nein, dachte er. Bitte nicht.

Er nahm das Telegramm, schloss die Tür vor dem Mann, riss den Umschlag auf und las die Nachricht, ohne zu wissen, was er denken, was er fühlen sollte. Er war bestürzt, aber nicht überrascht.

Jimmy war draußen vor Da Nang gefallen.

Seine Leiche würde am Freitag heimgeflogen werden.

Er fühlte sich leer, hohl, als hätte man jedes Stück Leben aus ihm gerissen. Das Einzige, das ihm verriet, dass er noch am Leben war, war das flatternde Telegramm, das er in seiner zitternden Hand hielt.

Er las die Nachricht ein zweites Mal. Sie war kurz, enthielt keinerlei Einzelheiten, doch seine Befürchtungen füllten die Zwischenräume der Zeilen. Er fragte sich, woran wohl die letzten Gedanken seines Sohnes gehangen hatten, und stellte sich vor, welcher Teil seines Körpers getroffen worden und wie stark sein Schmerz gewesen war.

Er zwang sich dazu, seine Gedanken entgleisen zu lassen, bevor es ihm zu viel wurde. Schwer atmend faltete er das Telegramm zusammen und ließ es in seine Jackentasche gleiten. Seine Finger berührten das hauchdünne Papier von Connies Notiz, er zog sie hervor, las sie zum ersten Mal und versuchte sich mit den stumpfsinnigen Details seiner täglichen Arbeit abzulenken.

Er überflog die Liste von Connies speziellen und detaillierten Instruktionen: Kauf drei Unzen Patschuliöl, ein Dutzend Sandel-

holzräucherstäbchen, zwei Kerzen für Windlichter und genügend Plastikperlenbänder, um die Zimmertüren im Haus zu ersetzen, einen Knautschsessel und drei Bodenkissen, ein Stroboskoplicht, ein Schwarzlicht und vier Poster – ein fluoreszierendes von Adam und Eva auf einem Berggipfel, irgendeins von Peter Max, Bogie aus *Casablanca* und W. C. Fields aus *My Little Chickadee*. Dann noch Lebensmittel, aber nur organische, und kauf sie nicht bei Thriftimart, der Laden gehört einem rechtsradikalen Kriegsbefürworter.

Al zerknüllte die Instruktionen und warf den Papierklumpen auf den Boden, die Leere in ihm füllte sich mit Wut. Statt dass ihn seine Arbeit – Connie jeden noch so extravaganten Wunsch zu erfüllen – ablenkte, verdeutlichte sie ihm, was für einen Verlust er erlitten hatte, und er realisierte, wie viel ihn sein Unvermögen, in seinem Leben Prioritäten zu setzen, abverlangte. Er dachte an Connie und stellte sich vor, wie sie gelangweilt auf ihrem Bett lag, auf die Bucht hinausstarrte und halbherzig einer dieser erbärmlichen Soap Operas folgte. Er spürte eine gewaltige Wut in sich aufsteigen, eine rasende Wut, anders als alles, was er je erfahren hatte, und er starrte auf Connies Porträt. Plötzlich war ihm klar, wie sehr er ihren Anblick hasste. Ihren Anblick? Alles hasste er an ihr und mit hochrotem Gesicht stürmte er die Treppe hinauf, nahm zwei Stufen auf einmal und schritt dann entschlossen den langen Gang entlang auf ihr Zimmer zu.

Die Tür war offen und Connie lümmelte sich auf dem Bett, putzte sich lässig ihren Schwanz. Als er eintrat, lächelte sie zu ihm auf, sagte aber nichts. Ihr gedankenloses, abschätziges Verhalten machte ihn noch wütender.

Er ging direkt zu ihrem Bett hinüber, schnappte sie sich und lächelte verkniffen. »Schönes Miezekätzchen«, sagte er. »Schönes Miezekätzchen.«

Dann drehte er ihr den Hals um.

IHRE MUTTER HATTE Pyewacket in *Bell, Book and Candle* gespielt, ihre Tante die Hauptrolle in Disneys *That Darn Cat* und beide waren liebenswürdig, freundlich und großzügig gewesen. Connie hingegen war verdorben, von Anfang an ein Flegel. Interessant. Ja. Spaßig. Ja. Aber im Grunde genommen war sie selbstsüchtig und egoistisch, ein verzogenes Baby, und selbst nachdem die Hitze des Moments abgeklungen, nachdem sein Ärger sich gelegt hatte, fühlte er sich nicht wirklich schuldig für das, was er getan hatte.

Sie hatte es verdient.

Er hätte es schon vor langer Zeit tun sollen.

Ihre Leiche vergrub er auf dem Grundstück, in der hintersten Ecke des Rosengartens, dort, wo außer dem Gärtner nie jemand hinkam. Er wartete bis kurz vor Mitternacht, lange nachdem die Tageshilfe gegangen war und der Rest der im Hause lebenden Bediensteten schlief. Es hatte um die Essenszeit eine wilde Sucherei nach Connie gegeben – diese Katze verpasste schließlich nie eine Mahlzeit –, aber Al erzählte Mavis, dass sie mit ihren neuen Freunden durch die Haights zog, und niemand zweifelte daran. Die Teller wurden abgewaschen und das Futter in Tupperware im Kühlschrank verstaut. Al zog sich auf sein Zimmer zurück, wo Connies inzwischen steife Leiche in einer Schachtel im Schrank lag.

Bentley Little

Es machte keine Probleme, die Leiche aus dem Haus zu schaffen, er musste keine Angst haben entdeckt zu werden und ging direkt zum Rosengarten, wo er am frühen Abend eine Schaufel liegen gelassen hatte. Auch das Begräbnis selbst verlief reibungslos. Er grub ein Loch, warf Connies Leiche hinein, faltete die Schachtel zusammen und bedeckte sie damit, bevor er das Loch zuschüttete.

Während er anschließend zum Geräteschuppen ging, um die Schaufel zurückzubringen, lauschte er konzentriert jedem nächtlichen Geräusch, jeder Bewegung in der Dunkelheit. Für den Fall, dass ihn doch jemand entdecken sollte, hatte er sich ein Alibi zurechtgelegt, allerdings schien es ihm nicht glaubhaft genug, und außerdem war er sich nicht sicher, ob er es überzeugend vortragen konnte. Glücklicherweise hatte er nicht den Eindruck, als müsse er darauf zurückgreifen. Alle Lichter im Hause waren aus: Draußen in den Straßen standen keine Autos, zudem war das Grundstück eingezäunt und von der anderen Seite nicht einsehbar. Er war ganz allein draußen –

Bis auf ein Rascheln unter den Zweigen zu seiner Linken.

Mitten in der Bewegung hielt er inne und hielt den Atem an. Beobachteten ihn diese glitzernden Augen, die er unter dem Busch zu sehen glaubte? Er wollte nicht darüber nachdenken und doch drehte er sich um und sah, dass man von hier aus einen perfekten Blick auf die Stelle hatte, an der er Connies Leiche verbuddelt hatte.

Er stürzte auf den Busch zu, schwang dabei die Schaufel vor sich her und machte mehr Geräusche, als er sollte, doch er nahm das Risiko, jemanden im Haus zu wecken, auf sich, wenn es nur dazu diente, *ihn* zu vertreiben, wer auch immer sich dort befand. Er blieb stehen, wartete, lauschte.

Nichts.

Er ging in die Knie, sah, nur um sicherzugehen, nochmals nach, aber unter den Zweigen waren nur Schatten.

Daraufhin rannte er zum Schuppen und ging ins Haus zurück.

Drinnen schloss er vorsichtig die Tür und verriegelte sie hinter sich, anschließend ging er den seitlichen Gang hinunter auf die nächstgelegene Toilette zu, um sich zu waschen. Die Kronleuchter waren ausgeschaltet und nur eine einzelne kleine Lampe verbreitete ein schwaches gelbes Licht, das nichts wirklich beleuchtete, aber doch genügend Licht bot, um sich sicher zu bewegen. Leise schlich er den mit Teppich ausgelegten Flur entlang, am geschlossenen Frühstückszimmer und an der Wäschekammer vorbei. Die Augen auf das dunkle Rechteck der geöffneten Badezimmertür gerichtet, ging er an der Lampe auf dem Tischchen und dem danebenstehenden Sessel vorbei.

Durch die Stille des schlafenden Hauses vernahm er ein leises Katzenflüstern: »Mörder.«

Er blieb stehen und sah sich um. Glitzernde Augen starrten ihn aus dem gepolsterten Stuhl an. Es war Leon, der Perser, mit dem Connie sich traf, jene rosarote Pussykatze, die Connie in diese ganze Hippiescheiße reingezogen hatte.

Als Herz klopfte wie wild. Was machte Leon hier? Und dann noch zu dieser nachtschlafenden Zeit? Natürlich kam der Perser hin und wieder vorbei, um Connie zu sehen und manchmal die Nacht hier zu verbringen, aber seit Dienstag war er nicht mehr hier gewesen. Warum also ausgerechnet jetzt?

Leon wusste es.

Mörder.

Das Atmen fiel ihm schwer und er versuchte, nicht in Panik auszubrechen. Schweigend starrten sie einander an. Katzengesichter waren nicht einfach zu deuten. Es war unmöglich zu erkennen, ob Leons Gesichtsausdruck etwas Anklagendes hatte oder nicht. Bei diesem Licht schon gar nicht.

Hatte er es sich nur eingebildet? Er hatte nicht wirklich gehört, was er glaubte gehört zu haben. Plötzlich fühlte er sich schuldig, war nervös und –

»Mörder.«

Damit hatte er nicht gerechnet, und augenblicklich stürzte Al sich mit einer hastigen Bewegung auf das Tier, doch Leon sprang schnell aus dem Sessel und verschwand durch den Flur und das Foyer, hinaus durch die Katzentür.

Al folgte ihm so schnell er konnte – seine schweren Schritte hallten dumpf vom Teppich –, er machte sich keine Gedanken darüber, wie laut er war. Er gelangte gerade noch rechtzeitig ins Foyer, um einen Schwanz durch die schwingende Katzentür verschwinden zu sehen. Daraufhin entriegelte er die Menschentür und drückte sie auf, er rannte den Weg hinunter, durch das Tor hinaus auf den Bürgersteig, aber schon auf halbem Wege wusste er, dass es keinen Sinn machte.

Leon war weg.

AUF JIMMYS TRAUERFEIER WAREN KEINE KATZEN ERLAUBT.

EINE WOCHE VERSTRICH.

Ein Monat.

Seine Gedanken kreisten immer noch um den Mord, doch die Erinnerung daran verblich mit jedem neuen Tag. Connie war jung gewesen und hatte kein Testament hinterlassen. Während die Anwälte sich mit ihrem Verschwinden beschäftigten, blieben er und die anderen voll beschäftigten Bediensteten im Haus und auf der Gehaltsliste, sie arbeiteten weiter wie bisher.

Überraschenderweise war Connies Leiche bisher nicht aufgetaucht. Er war davon ausgegangen, dass der Gärtner sie nach ein paar Tagen finden würde, denn die Rosen wurden getrimmt, zurückgeschnitten, gewässert, gedüngt und die Umgebung sauber geharkt. Und das war's. Es gab schließlich keinen Grund, den Boden umzugraben. Wenn er Glück hatte, würde Connie nie gefunden.

Und Leon war verschwunden, hoffentlich verängstigt, dass Al auch ihn erledigen könnte.

Langsam glätteten sich die Wogen.

Er packte die Lebensmittel aus, dann setzte er sich und las die Zeitung, während er in der Küche auf Mavis wartete. Ronald

Reagan hatte die Nationalgarde in Marsch gesetzt, um in San Francisco State die Anti-Kriegs-Krawalle niederzuschlagen, und im Stillen applaudierte Al Governor Reagan für diesen Schritt. Er las die ersten Absätze des Artikels und warf dann einen Blick auf die dazugehörigen Fotos. Das linke zeigte Governor Reagan an seinem Schreibtisch, sein Blick war ernst und unnachgiebig. Das rechte Bild zeigte die Anführer der Demonstration samt ihren Transparenten und Spruchbändern.

Und Leon.

Al blieb die Luft im Hals stecken. Er hielt sich die Zeitung näher vors Gesicht, was ihm die Szenerie allerdings nicht deutlicher zeigte, sondern das Bild nur in seine einzelnen Pixel auflöste. Es war Leon, daran gab es keinen Zweifel. Die Katze hockte auf dem Arm eines drallen Hippiemädchens und starrte geradewegs in die Kamera.

Und er machte ein böses Gesicht.

Al senkte die Zeitung und merkte, dass er fror.

Hätte er sich nicht einen Job bei einem *Menschen* suchen können? Oder wenigstens bei einem Hund? Lassie vielleicht, oder Rin Tin Tin. Hunde waren verblödete Kreaturen. Gut, man konnte sie trainieren, aber der Mensch besaß den Hund, war sein Herr und Meister. Mit Katzen verhielt es sich anders. In einer Beziehung zwischen Katze und Mensch hatte eindeutig die Katze das Sagen. Hier waren sie die Meister und ihre menschlichen Versorger hatten sich unterzuordnen. Die anderen Leute dachten, dass ein Haustier ein Haustier sei. Scheiße, genau das hatte er auch immer gedacht.

Aber es war nicht so.

Das hatte er von Connies Mutter gelernt.

Mavis betrat die Küche, schnell faltete er die Zeitung zusammen und schob sie von sich. Der Koch sah ihn an und runzelte die Stirn. »Alles in Ordnung, Al?«

»Klar.« Er zwang sich zu einem Lächeln. »Ich bin okay.«

Bentley Little

LEON WUSSTE ES.

Eigentlich sollte er es dabei bewenden lassen, aber er konnte nicht. Je mehr er darüber nachdachte, desto sicherer war er, dass Leon etwas gesehen hatte. Vielleicht nicht den Mord selbst, aber das Beseitigen der Spuren, das Begräbnis, die Entsorgung von Connies Leiche. Er erinnerte sich an die glitzernden Augen unter den Zweigen des Busches, daran, wie die Katze auf dem Sessel im Flur auf ihn gewartet hatte.

Mörder.

Aber es blieb die Frage: Warum hatte Leon nichts unternommen? Warum war er nicht zur Polizei gegangen – oder hatte seinen Hausmeister dazu gebracht, zur Polizei zu gehen?

Al wusste keine Antwort darauf, und das beschäftigte ihn. Er verbrachte seine Freizeit damit, durch Haight-Ashbury zu wandern und die Augen offen zu halten.

Er suchte nach Leon.

Am Tag als sie starb, hatte Connie ihm noch anvertraut, dass Revolution in der Luft lag. Damals hatte er es als Hippie-Propaganda abgetan, inzwischen beschlich ihn das unheimliche Gefühl, dass sie vielleicht Recht gehabt hatte. Irgendetwas hing über der Stadt, das konnte er spüren. Eine gewisse Unfreundlichkeit. Wut. Zorn. Die Möglichkeit und das Potenzial für einen Gewaltausbruch.

Er befand sich in einem ihm unbekannten Block, in einer ihm unbekannten Straße. Die ganze verdammte Gegend war ein einziger Slum, hier kam es ihm besonders bedrohlich vor. Kurz dachte er daran zu verschwinden, doch der Drang, Leon zu finden, überwog sein Unbehagen gegenüber diesem Stadtteil.

Doch was würde er tun, wenn er Leon fand?

Die Katze töten. Er wusste genau, was er zu tun hatte. Außerdem, so vermutete er, würde ihn die Polizei, wenn sie ihn dabei erwischte, sowieso für eine kranke Seele halten. Schon verrückt, wenn man bedenkt, dass die Regierung Jimmy als Helden feierte dafür, dass er Dutzende von Menschen umgebracht hatte.

Er verdrängte diesen Gedanken. Es war das Argument, dass dieser weibische Junge ihm neulich um die Ohren geworfen hatte, und er fühlte sich erneut unloyal beim Gedenken an seinen Sohn.

Er kam an einer heruntergekommenen Pension vorbei. Eine Siamkatze, im Schoß eines verwahrlosten Studenten, saß mit ihm auf den Stufen und starrte ihn im Vorbeigehen an, und es fiel ihm schwer, nicht auf den Gedanken zu verfallen, dass die Katze wusste, wer er war und was er getan hatte. Sie beobachtete ihn.

Nachdem er vorbei war, drehte er sich um und sah, dass ihn die Katze unverwandt anstarrte.

Auf der gegenüberliegenden Straßenseite unterbrachen zwei weitere Katzen das Durchwühlen einer umgekippten Mülltonne und glotzten ebenfalls zu ihm herüber.

Langsam begann er paranoid zu werden. Natürlich hatte er viel von Poe gelesen, und all die Schuld, die ganzen Katzen und versehentlichen Bestattungen schwirrten nun durch sein Unterbewusstsein, vermischten sich mit der Realität seiner eigenen Situation und den Erinnerungen an Connies Tod.

Er erreichte eine Straßenecke und bog nach rechts. Hinter sich hörte er auf einmal ein schrilles Miau, ein Schreien, in das die Katzen auf beiden Seiten der Straße einstimmten.

Al beschleunigte seinen Schritt. Er wollte es nicht zugeben, aber langsam wurde er etwas nervös. Sie miauten, um miteinander zu kommunizieren und damit die Menschen sie nicht verstehen konnten. Und die Art der sich wiederholenden Laute ließen keinen Zweifel darüber zu, dass eine Nachricht von einem Tier zum nächsten weitergegeben wurde.

Aus dem Augenwinkel nahm er eine Bewegung wahr und schaute nach links. Ein bärtiger Hippie überquerte die Straße, ein ziemlich braun gebrannter, barfüßiger Typ mit einer Pfeife im Mund.

Und er trug eine Katze auf dem Arm.

Rechts von ihm, auf den Stufen einer weiteren Absteige, beugte sich ein Mädchen mit dünnem Haar zu einer orangefarbenen Perserkatze hinunter, die zu ihm hinaufschielte und dabei ein mürrisches Gesicht machte.

Al ging noch schneller. Inzwischen tauchten sie aus Vorgärten und von Veranden her auf, aus Garagen und dauergeparkten Kleinbussen. Katzen und ihre Leute. Er begann zu rennen und versuchte seine Angst zu verbergen, denn es wurde immer klarer, dass hier etwas Seltsames vor sich ging. Das war keine Einbildung mehr, keine Paranoia. Es handelte sich um eine seltsam reale Wirklichkeit, die langsam, aber sicher zu einer direkten Bedrohung wurde.

Inzwischen rannten auch die Menschen hinter ihm her, und die Katzen sprangen aus ihren Umarmungen und sprinteten auf ihre schnelle Katzenweise auf ihn zu. Er wurde regelrecht durch die Haights gejagt, aber niemand schien davon Notiz zu nehmen, niemand interessierte sich dafür. Er betete inständig, dass ein Streifenwagen vorbeikäme, Hilfe, die er heranwinken konnte, aber die Straßen waren, bis auf gelegentlich vorbeifahrende Autos, wie leer gefegt.

Er rannte nach rechts in eine Gasse und bemerkte augenblicklich, dass es ein Fehler gewesen war. Sein Schwung hatte ihn aber schon um eine Hauslänge hineinstürzen lassen, als er am anderen Ende der Gasse Leute und Katzen sah, sich umdrehte und den Weg, den er gekommen war, blockiert vorfand.

Zu seiner Linken bemerkte er ein offenes Gartentor, das in einen kleinen, mit Unkraut überwucherten Garten führte. Er flitzte durch die schmale Öffnung und sah sich hastig um. Es führte kein Weg um das Haus herum. Der hohe Zaun, der den Garten umschloss, grenzte direkt an die Außenwände des Hauses und verhinderte so ein Durchkommen nach vorn. Außerdem verfügte er nicht mehr über genug Atem, um hinaufzuklettern oder darüber zu springen. Aber die Hintertür war offen, nur eine rostige Fliegentür versperrte ihm den Weg, also rannte er die Verandastufen – zwei auf einmal – empor, riss die Tür auf und stürzte ins Innere.

Er hatte gerade noch Zeit, die Katzenschalen neben dem Kühlschrank zu bemerken, dann raste er durchs Wohnzimmer und stolperte auf die Vordertür zu.

Ein riesiger Typ von den Hell's Angels öffnete die Haustür und trat ein. Er knallte die Tür hinter sich zu, blieb mit verschränkten Armen stehen und starrte auf Al.

Eine gescheckte Katze hockte auf seiner Schulter.

»Er ist's«, verkündete die Katze mit klarer, hoher Stimme.

Ein Schauder rann Als Wirbelsäule hinunter und verteilte sich bis in die Knochen. Er sah sich um. Marihuanapflanzen wuchsen in Töpfen auf dem Fensterbrett, direkt neben buschigen Sträußen Katzenminze. Der verdreckte Raum roch nach vergammelten Essensresten und mistigen Mülleimern. Von irgendwo aus dem Hinterzimmer hörte man das Lachen von Katzen.

Plötzlich wurde ihm klar, dass sie ihn genau an diesem Ort haben wollten.

Auf der Suche nach einer Möglichkeit zu entkommen wanderte sein Blick unermüdlich umher, doch er wusste längst, dass er verloren hatte, von der Küche her hörte er, wie die Fliegentür geöffnet und wieder verschlossen wurde. Dann hörte er Geräusche von Bewegungen und Schritte auf der Treppe, die in das nächste Stockwerk führte.

Er sagte nichts und versuchte nicht mehr zu entkommen. Sie umzingelten ihn, die Katzen mit ihren Leuten, und auf einmal befand er sich im Zentrum eines Kreises mitten im Zimmer. Vor ihm begann sich die Reihe zu teilen und eine Perserkatze sprang nach vorn.

Leon.

Die Katze kam auf ihn zu und blieb direkt vor ihm stehen. Al dachte kurz daran, das Tier zu treten und es quer durch den Raum zu schleudern, doch dann wurde ihm klar, dass der einzige Weg, lebend aus dieser Situation herauszukommen, darin bestand, cool zu bleiben.

»Also, sind wir nur deshalb hier?«, fragte jemand. Ein Mädchen. »Wegen dieses Typen?«

»Er hat Connie umgebracht«, erwiderte Leon. »Und er hat versucht, auch mich umzubringen.« Die Katze betrachtete die versammelten Gesichter. »Außerdem ist er für den Krieg.«

Nun wendete sich das Blatt. Plötzlich betrachteten ihn alle auf die gleiche Weise wie Leon, voller Zorn und Hass, und er vermutete, dass er hier nicht mehr herauskam.

Er starrte auf Leon hinunter, versuchte die Katze einzuschüchtern und somit zu verscheuchen, doch Leon hielt seinem Blick stand.

»Nur die Katzen!«, befahl Leon.

Abrupt verließen die Menschen den Raum, sie drehten sich um und jeder verschwand auf dem Weg, auf dem er gekommen war, bis Al ungefähr mit dreißig Katzen allein war. Die Katzen liefen umher und formierten sich in gleichmäßigen Reihen hinter Leon.

Die Art, wie die Katzen sich aufreihten, hatte etwas Klassisches und erinnerte an ein Ritual, und Al wusste plötzlich, was sie vorhatten. Vor ihm formierte sich ein Tribunal aus Connies Mitstreitern. Connie hatte ihm in der letzten Woche davon erzählt, dass sie mit ihren neu gefundenen freakigen Freunden an genauso einem Tribunal teilgenommen hatte, in dessen Verlauf es um Lyndon Johnson und Robert McNamara ging, natürlich in absentia angeklagt wegen Kriegsverbrechen und Verbrechen am amerikanischen Volk. Keine Frage, dass beide für schuldig befunden worden waren, und Connie hatte sich über diese absurde Prozedur geradezu verzückt ausgelassen.

Es lag nun wirklich nicht in seiner Absicht, Teil eines solchen unsinnigen Unterfangens zu werden, und noch bevor Leon die Anklage in Worte fassen konnte, kam Al ihm zuvor. »Ich habe Connie den Hals umgedreht, und ich bin froh darüber, dass ich es getan habe.«

»Ich habe noch nicht erklärt, warum wir alle hier versammelt sind«, ermahnte ihn Leon.

»Ich weiß, warum wir hier sind. Weil ich Connie den Rest gegeben habe und du mich dabei beobachtet hast, wie ich ihre Leiche entsorgt habe. Jetzt willst du, dass ich dafür bestraft werde.« Er lächelte süffisant. »Aber wen interessiert das? Sie war ein reiches, verzogenes Balg und deine Hippiefreunde haben wahrscheinlich längst vergessen, dass sie jemals existierte. Außerdem« – er machte eine Pause – »war sie nur eine Katze.«

»Ich habe sie geliebt!«, brüllte Leon.

Als Lächeln wurde breiter.

Leon unternahm einen kurzen Versuch, sich zu beruhigen, sah sich dann unter den Katzen um und miaute einmal. Er drehte sich wieder um und holte tief Luft. »Al Johnson, wir sind hier zusammengekommen, um dich wegen des Mordes an Connie mit dem Tode zu bestrafen.«

»Überraschung, Überraschung.«

»Wir werden dich nicht einfach töten, sondern dir die Möglichkeit geben, dich als Wiedergutmachung für deine Taten zu opfern. Weiterhin wird dein Tod dem Frieden dienlich sein und die Anti-Kriegs-Bewegung unterstützen, der du so vehement entgegengetreten bist, sodass schlussendlich dein mieses, mordlüsternes Leben doch noch zu etwas gut gewesen sein wird.«

»Welch poetische Form von Gerechtigkeit, huh?«

»Wenn du es so siehst.«

»Ich dachte immer, ihr Peaceniks glaubt nicht an Gewalt.«

Nun lächelte Leon seinerseits und wies mit dem Kopf auf die Tür, durch die die Hippies hinausgegangen waren. »Tun die auch nicht.« Sein Lächeln legte seine Reißzähne frei. »Wir aber schon.«

Leon nickte einmal.

Daraufhin stürzten sich die Katzen auf ihn.

Al kreischte, als verrückte Katzen sich auf seinen Körper warfen, scharfe Krallen sich ins Fleisch gruben und winzige Zähnchen sich in seiner Haut verbissen. Bisher war ihm nicht in den Sinn gekommen, dass diese Situation real war, bis ihn jetzt der fühlbare Schmerz übermannte. Während sie ihn vorhin jagten, war er in Panik geraten, doch nachdem sie ihn eingeholt hatten, nachdem er sich im Haus befunden hatte, erschien ihm das Ganze irgendwie … grotesk. Ja, geradezu komisch. Weder hatte er sich einen konkreten Plan zurechtgelegt, noch hatte er eine Idee, wie er entkommen konnte, irgendetwas irgendwo in seinem Hinterkopf sagte ihm, dass er sich zur Vordertür durchkämpfen, die Tiere aus dem Weg treten und einfach davonlaufen musste. Aber die Katzen waren stärker, als er erwartete. Außerdem waren sie ihm in der Anzahl weit überlegen.

Leon saß ruhig auf dem Boden vor ihm, starrte ihn an und lächelte, während die anderen ihn von allen Seiten her angriffen, auf seinen Rücken sprangen, sich an seinen Armen festklammerten, sich an seinen Beinen hochzogen, auf seinen Kopf kletterten und ihre rasierklingenscharfen Krallen in seinen Schädel stießen.

Der Schmerz war unerträglich und er versuchte sich zu wehren, die Tiere von sich zu schütteln, doch er verlor sein Gleichgewicht, stolperte rückwärts und schlug mit dem Kopf gegen etwas, das sonderbar geformt war und nicht nachgab.

Danach war er weg.

ER ERWACHTE MEHRMALS, fühlte Schmerzen im Kopf, den Gliedern, im Bauch und auf dem Rücken, und außerdem spürte er Metall unter sich. Al wusste weder, wo er sich befand, noch was vor sich ging. Vermutlich lag er in einem Transporter.

NACHDEM ER SEIN volles Bewusstsein wiedererlangt hatte, fand er sich gefesselt auf dem Boden und von einer Horde vorwärts marschierender Körper umgeben. Er war draußen und es war Nacht. Irgendwo brannten Lichter, und einige der Leute um ihn herum trugen Fackeln. Sie schienen zu singen, und obwohl er den Text nicht verstand, begriff er, dass er sich auf einer Demonstration befand.

Hatte man ihn hier abgeladen? War es nun vorbei? Er kämpfte darum, sich aufzurichten, und hörte plötzlich Leons Stimme direkt neben seinem Ohr. »Aufgewacht, was?«

Al drehte seinen Kopf und sah, wie die Katze erst flink auf eine hölzerne Plattform sprang und dann auf der Schulter eines langhaarigen Mannes landete. Leon flüsterte dem jungen Mann etwas ins Ohr und beide rannten danach auf Al zu, der immer noch auf dem Boden lag und sich vergeblich zu befreien versuchte.

»Lasst mich aufstehen!«, verlangte er. Sein zerkratztes Gesicht schmerzte beim Sprechen.

Leon kicherte boshaft.

»Hilfe!« Al schrie nun aus vollem Halse. »Hilfe!«

Doch seine Stimme ging im Gesang der Massen unter. Der Langhaarige kramte ein Halstuch aus seiner Tasche und knebelte Al.

»Lass es uns tun«, meinte Leon.

Leons Mensch griff hinter sich und jemand reichte ihm eine Maske. Eine Ronald-Reagan-Maske.

Al wurde angehoben und schwebend in der Luft gehalten. Für ein paar Sekunden konnte er alles sehen. Sie befanden sich im Golden Gate Park auf einer Art Bühne. Vor sich sah er Tausende von Menschen, viele davon hielten Transparente oder Plakate gegen den Krieg. Es schockierte ihn zu sehen, dass sich die Demonstranten nicht nur aus Hippies zusammensetzten. Er erkannte Teenager, einige ältere Pärchen und einen Mann, der nicht viel anders aussah als er selbst.

Dann wurde ihm die Maske über den Kopf gezogen und sein Blick war nun durch kleine Schlitze für die Augen eingeschränkt. Man drehte ihn herum, trug ihn ein Stück und brachte ihn auf die hölzerne Plattform, auf die Leon zuvor gesprungen war.

Es war ein Scheiterhaufen.

Im Augenwinkel erkannte er Fackeln und plötzlich begriff er, was sie vorhatten.

Ein Bildnis von Governor Reagan sollte verbrannt werden.

Und er war das Bildnis.

Das Seil, mit dem man ihn gefesselt hatte, wurde an dem Pfahl befestigt. Vor sich, auf den Schultern der anderen auf der Bühne, sah er Katzen, Dutzende von ihnen, und ihre glitzernden Augen starrten ihn an.

Jetzt wurde das Feuer unter ihm entzündet.

Was für eine Ironie, dachte Al, als die Flammen um ihn herum züngelten, seine Hose Feuer fing und die Flammen sich an seinem Körper emporfraßen, Connies Urgroßmutter hatte eine kleine Statistenrolle in einem alten Ronald-Reagan-Film gespielt: *Hellcats of the Navy.*

Hellcats.

Wenn er nicht geknebelt gewesen wäre und nicht solche Schmerzen verspürt hätte, hätte er wahrscheinlich gelacht.

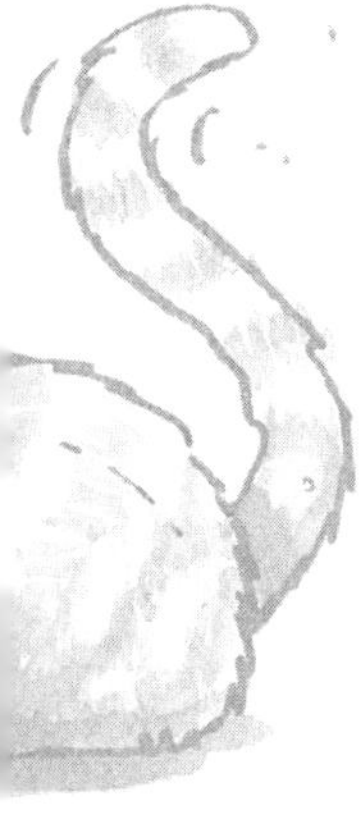

Gary A. Braunbeck

EINE BRAUT PER POST GEKAUFT

Jemand verfolgte ihn.

John Nitzinger war sich nicht sicher, wer – oder möglicherweise was (seine Tante hatte ihm vor ihrer Krankheit oft davon geschrieben, dass, wenn der Winter allmählich begann, die Wildkatzen aus den Bergen herunterkamen) – ihm folgte, doch während der vergangenen Stunde war sein Pferd schreckhaft gewesen und seine eigenen Nackenhaare hatten aufrecht gestanden, was nicht allein vom frostigen Nachtwind und den umherwirbelnden Schneeflocken herrührte.

So ritt John Nitzinger, mit siebenunddreißig Jahren ein Mann, der fast sein ganzes Leben in der Prärie verbracht und für eine endlose Reihe von Ranchern Zäune hochgezogen hatte, ein Mann, der keine Familie hatte und für den der frostige Winter schon ein Teil seiner Seele zu werden schien, geschwächt und ohne ein Übermaß an Achtsamkeit durch eine Dezembernacht des Jahres 1888. Sein Blick schweifte von einer Seite der ihn umgebenden Dunkelheit zur anderen, während eine Hand auf dem Schaft seiner Spencer ruhte.

Es war so kalt, dass sein Atem sich wie blankes Metall in seiner Kehle anfühlte, seine Härchen in der Nase zu Eiszapfen gefroren und seine Augen brannten. Im matten Licht der Sterne und des bläulichen Leuchtens des Schnees verschwamm alles, was weiter als ein paar Meter entfernt war, zu einer Masse ohne Tiefe und überall glitzerte etwas, das er nur zur Hälfte wahrnahm. Er bemühte sich, durch den leisen klagenden Ruf des Windes hindurch noch andere Geräusche auszumachen, hörte aber nichts außer seinen eigenen und denen seines Pferdes. Alles andere dort draußen in der Kälte schien tot.

»Manchmal hast du wirklich verdammtes Glück«, murmelte er.

Sein Pferd scharrte Zustimmung, die Hufeisen machten einsame Geräusche, wenn sie auf den eisigen gefrorenen Boden trafen und dabei gelegentlich durch eine silbern glitzernde Eisschicht stießen. Selbst bei diesen gottlosen Temperaturen stank das Pferd nach kaltem Schweiß und Pferdemist. Nitzinger nahm an, dass er nach den letzten drei Tagen, in denen er durchgeritten war, auch nicht viel besser roch.

In ein paar Stunden würde er überglücklich die Lichter von Cedar Hill erblicken, auch wenn es nur eine weitere Stadt voller Fremder war.

Ich möchte dich warnen, Johnny, hatte seine Tante in ihrem letzten Brief geschrieben, *auch nur anzunehmen, dass diese Stadt nur ein weiterer schäbiger Ort ist, an dem Bergleute und Viehhirten sich für ein paar Tage von ihren Lasten erholen, bevor sie sich wieder zu ihren Arbeitsstätten aufmachen, ihre Kinder und Frauen zurücklassen, und dass diese sich sorgen, wie sie mit den mageren Einkünften, die ihre Männer heimbringen, zurechtkommen sollen. Es ist keiner dieser traurigen Orte. Du wirst bemerken, dass die Leute, so sie sich an dich gewöhnt haben, sehr freundlich sind und auf gewisse Weise geradezu fürsorglich werden, wenn sie erst mitbekommen, dass du zu bleiben beabsichtigst. Und ich hoffe sehr, dass du bleiben wirst, Johnny. Deine Mutter hätte sich bestimmt ein Zuhause für dich gewünscht. Ich weiß, dass ich es mir wünsche.*

Seine Träumerei wurde im selben Moment unterbrochen wie die Stille dieser eiskalten Nacht.

In unmittelbarer Nähe stieß irgendetwas in dieser gefrorenen Landschaft ein langes, lautes und unheimliches Jaulen aus, das Nitzingers Pferd verschreckte.

Er versuchte noch seine Spencer aus der Hülle zu ziehen, schaffte es aber nur halb, bevor sich sein Pferd aufbäumte, ein schrilles

Wiehern von sich gab und ihn aus dem Sattel schleuderte. Mit einem wenig schmeichelhaften Plumps landete er in einer größeren Schneewehe und spürte, wie sich ein Luftstoß aus seinen Lungen befreite.

Was immer diesen Laut von sich gegeben hatte, stieß einen weiteren aus und etwas bewegte sich in der Schattenlandschaft vor ihm.

Nitzinger kam auf die Beine, rutschte auf einem Stück Eis aus und fiel mit dem Gesicht voran zurück in den Schnee.

Das unheimliche Heulen war nun näher und Nitzinger verfluchte im Stillen seine abenteuerliche Entscheidung, durch die Nacht zu reiten, denn nun würde er unweigerlich – und nicht auf angenehme Weise, nahm er an – durch die Klauen und Zähne eines Pumas ums Leben kommen, und das noch bevor er Cedar Hill erreichte, um seine überaus großzügige Erbschaft, die ihm seine Tante hinterlassen hatte, anzutreten.

Aber nicht mit schneeverschmiertem Gesicht, entschied er.

Wenn er schon sterben sollte, dann nur angesichts des Feindes.

Nitzinger atmete tief durch und stemmte sich auf die Knie, willens, wie ein Mann zu sterben.

Zirka zwei Meter vor ihm hockte ein schmutzig gelber Streuner auf seinem Hintern, so als beobachte er eine Maus, die in einer Falle um ihr Leben kämpfte. Er war nicht größer als der Unterarm eines Mannes und beäugte Nitzingers Aktionen, schüttelte plötzlich, wie es schien voller Mitgefühl, den Kopf und schlenderte davon.

Ein erleichtertes Lachen explodierte mit solch einer Wucht aus Nitzinger Brust, dass es ihn abermals in den Schnee warf.

Eine streunende Katze.

Wie gut, dass er kein Gebet für seine unsterbliche Seele gemurmelt hatte, bevor er sich ins Gefecht warf; der liebe Gott würde wahrscheinlich nicht sehr freundlich zu jemandem sein, der sich vor einem Haustier fürchtete. Kein Platz für diese nervösen Typen im Himmel.

Er lachte wieder, dachte an die Reaktion der Katze (an ihre seltsame Bewegung, die etwas Vertrautes an sich gehabt hatte) und schüttelte den Kopf. Sein Pferd stand ein paar Meter entfernt, schaute zu ihm herüber und lehnte sich vornüber.

»Möchte mich für deine Tapferkeit bedanken«, lachte Nitzinger ihm zu.

»Hallo?«, schallte es wie ein Echo mit weiblicher Stimme zurück. »Hallo? Ist dort jemand?«

Nitzinger sprang auf die Füße, saß auf, überzeugte sich, dass seine Spencer sicher verstaut war, und ritt die kleine Anhöhe hinauf.

Sie stand am Rand eines Bahnsteigs oberhalb der Eisenbahnschienen. Eine einsame, matt schimmernde Laterne hing hinter ihr über einer Bank. Sie war klein, dünn und wirkte aus Nitzingers Entfernung etwas blass. Ihr Mantel sah nicht so aus, als könnte er einen Körper warm halten, jedenfalls nicht in einer Nacht wie dieser, und während er sich ihr näherte, hoffte Nitzinger, dass sie noch nicht zu lange hier draußen wartete.

Sie reckte ihren Kopf, schaute in die Dunkelheit, und als sie ihn sah, trat sie unwillkürlich einen Schritt zurück.

»Ich weiß, dass ich einen Angst einflößenden Anblick abgeben muss, Miss, aber es war nicht meine Absicht, Sie zu erschrecken oder so was.«

»Sind Sie in Ordnung, Sir?«, fragte sie. »Noch vor ein paar Augenblicken hörte ich einen fürchterlichen Rabatz.«

»Das war ich in einem Kampf auf Leben und Tod mit einem Puma.«

»Oh«, erwiderte die junge Frau und versuchte ihr Grinsen zu verbergen. »Ich habe mich schon gefragt, warum das arme Ding da so aufgeregt ist.«

Nitzinger schaute an der jungen Frau vorbei und entdeckte hinter ihr den schmutzig gelben Streuner, der inzwischen gemütlich zusammengerollt auf einem alten Seesack ruhte.

»Ihre? Die Katze, meine ich?«

»Nein, Sir. Ich habe sie eben zum ersten Mal gesehen. Kurz nach Ihrer … Begegnung mit ihr.«

»*Begegnung*«, wiederholte Nitzinger, stieg vom Pferd und band die Zügel an den Pfosten der Bahnstation. »Nett gesagt.«

»Hätte ich mich anders ausgedrückt, hätte ich riskiert, Ihren Stolz zu verletzen, Sir, und ich vermute mal, dass Sie für heute Nacht genug Schaden davongetragen haben.«

Über ihre unverblümte Direktheit musste er innerlich lächeln. Nitzinger klopfte sich den Schnee vom Körper und stieg die Stufen hinauf. Eine ziemlich angelaufene Messingtafel an der Wand verkündete, dass dies eine der Kontrollstationen während des großen Tom-Thump-Rennens der Baltimore and Ohio im Jahre 1829 gewesen war.

Wenngleich der Ort nicht viel an bedeutender Historie vorzuweisen hat, hatte seine Tante geschrieben, *ist er doch mächtig stolz auf das bisschen Geschichte, die er sein Eigen nennen kann.*

Nitzinger fragte sich insgeheim, warum die Plakette so sehr nach einer Politur verlangte, wenn die Leute doch so stolz auf ihre Geschichte waren.

Er nickte der Katze zu, nahm seinen Hut ab und zog den Schal zurück, mit dem er seine Ohren bedeckte. Dann streckte er seine behandschuhte Hand aus. »John Nitzinger, Miss.«

»Amanda Jakes«, antwortete sie und schüttelte seine Hand.

Sogar durch seine schweren Wollhandschuhe fühlte Nitzinger ihre kalten Hände, die ebenfalls in Handschuhen steckten. Er blinzelte, um seinen Blick zu klären, und ihm fiel auf, dass er sich geirrt hatte, ihr Gesicht war nicht im Mindesten blass, sondern von der Kälte gerötet. Ihre Ohren erweckten den Anschein, als würden sie im nächsten Moment abfallen, und sie hatte einiges damit zu tun, ihre Nase am Laufen zu hindern.

»Macht es Ihnen etwas aus, Miss, wenn ich Sie frage, wie lange genau Sie hier draußen warten?«

»Wissen Sie, wie spät es ist?«

Nitzinger griff in die Tasche seines Überwurfs und fischte eine silberne Taschenuhr heraus, die er an seinem fünfunddreißigsten Geburtstag von seiner Tante geschenkt bekommen hatte. Er ließ den Deckel aufschnappen, hielt sie ins trübe Licht der Laterne und sagte: »Macht den Anschein, als sei es ungefähr zwanzig vor sechs.«

»Dann bin ich seit sechs Stunden hier.«

»Sechs Stunden!« Er schloss die Uhr und nahm augenblicklich seinen Schal ab. »Scheiße, Miss – verzeihen Sie mir meine rüde Ausdrucksweise –, aber es ist ein Wunder, dass Sie nicht erfroren sind. Hier, nehmen Sie das und wickeln Sie es um Ihren Hals und die Ohren –«

»– es ist nicht nötig, dass Sie mir –«

»Sie befinden sich wohl kaum in der Verfassung, mit jemandem zu diskutieren, Miss. Ich kann nicht glauben, dass der Stationsvorsteher sich davongemacht hat und jemanden bei diesem Wetter hier warten lässt.«

»Es war kein Stationsvorsteher im Dienst, als der Zug eintraf. Es gab nicht einmal Gepäckträger. Außerdem war ich der einzige Passagier, der an dieser Station aus dem Zug stieg.«

»Trotzdem«, murmelte Nitzinger, während er versuchte die einzige Tür der Bahnstation zu öffnen, »die müssen doch die Tür geöffnet lassen, wenn sie wissen, dass ein Zug kommen wird.«

Die Tür war verschlossen.

Kreisförmig wischte er Eis und Schnee von einer der Scheiben und schielte hindurch. Drinnen standen eine gepolsterte Bank, ein dickbäuchiger Eisenofen und drei dunkle Laternen.

Er knickte seinen Arm am Ellenbogen, schlug damit eine der Scheiben ein, schob seinen Arm durch die Öffnung und fummelte so lange herum, bis er den Riegel fand und sich die Tür öffnen ließ.

»Lassen Sie uns reingehen, raus aus dem Wind.«

Amanda Jakes – sie schien in keiner Weise Anstoß an seiner Tat zu nehmen – nickte ihm dankend zu, griff sich ihre kleine Reisetasche und eine Pappschachtel und trat ein.

Die schmutzig gelbe Katze folgte ihnen, rollte sich augenblicklich neben dem eisernen Ofen zusammen und drückte ihr Unbehagen darüber aus, dass keine Wärme von ihm ausging.

»Setzen Sie sich gleich hier hin«, bedeutete ihr Nitzinger, riss ein

Streichholz an und entzündete einen der Lampendochte. »Ich hol noch ein paar Sachen von meinem Pferd, ich bin gleich zurück.«

Vom Rücken seines Pferdes nahm er sein zusammengerolltes Bettzeug und sein abgenutztes Kissen (handgenäht und ein weiteres Geschenk seiner Tante), einen rostigen Kaffeekessel und ein Säckchen Kaffeebohnen, außerdem eine verbeulte Tasse und einen Teller, einen kleinen Ranzen, in dem sich getrocknetes Fleisch, eine Scheibe Speck und seine letzten zwei Eier befanden, eine Pfanne und letztlich, als eine Art Rückversicherung, seinen Navy Colt. Er dachte noch daran, ihr etwas zu lesen mitzubringen, aber alles, was er besaß, waren ein paar völlig zerlesene Ausgaben des *New York Detective Monthly*, und das schien ihm keine geeignete Lektüre für eine Lady zu sein.

Er bedeckte sein Pferd vorsorglich mit einer Decke. »Ruh dich etwas aus, bevor wir uns wieder auf den Weg machen.«

Zurück in dem Bahnhofsgebäude, leerte er den kleinen Ranzen und benutzte ihn anschließend dazu, das Loch in der Scheibe abzudichten. Danach suchte er den Waschraum der Station auf (der zu seiner Überraschung über ein funktionierendes Plumpsklo verfügte) und wusch sich, und dann machte er sich daran, ein Feuer im Ofen anzufachen. Dazu benutzte er etwas Kohle aus einem Eimer neben dem Fahrkartenschalter (was die Katze immerhin zufrieden stimmte) und sorgte so für Amandas Bequemlichkeit, bevor er ihr etwas Heißes zubereitete.

Während er sich bemühte, das Essen halbwegs genießbar zuzubereiten, fing sie an, eine Melodie vor sich hin zu summen.

»Netter Song«, bemerkte er. »Wie heißt er?«

»*Waltzing With You.* Aber ich fürchte, dass ich den Text nicht kenne. Um ehrlich zu sein, John, ich bin nicht einmal mehr sicher, wo ich das Lied gehört habe. Es kam mir einfach so in den Sinn.«

»Ist schon in Ordnung. Es gibt Dinge, die sind ganz gut so, wie sie sind, sie bedürfen keiner Worte.« Er befühlte den Kessel auf dem Ofen. »Denke mal, mein Kaffee ist nicht so schmackhaft wie der, den man in Restaurants bekommt, aber er ist heiß.«

»Dann wird es der beste sein, den ich je hatte«, antwortete sie.

Jetzt fiel Nitzinger auf, dass er vergessen hatte, ein Messer und eine Gabel mitzubringen, und er wollte gerade zu seinem Pferd hinausgehen, als Amanda den Verschluss ihrer Schachtel öffnete und genau diese Dinge zutage förderte.

»Ich habe nicht genug Geld, um mir ein Essen im Zug leisten zu können«, erklärte sie. »Also habe ich genug für zwei zusätzliche Mahlzeiten eingepackt, natürlich ging ich davon aus, dass drei Mahlzeiten ausreichend sein würden.«

Nitzinger schichtete Eier und Speck auf den Teller, goss den dampfenden Kaffee in den Becher und stellte alles auf der Bank neben Amanda ab.

»Sieht herrlich aus«, meinte sie, nahm einen Schluck Kaffee, machte ein Geräusch, als würde sie ersticken, und begann dann zu husten.

Nitzinger fuhr sich mit der Hand verlegen durchs Haar. »Ist wohl ein bisschen zu stark.«

»Er ist … ganz gut, wirklich«, krächzte Amanda mit Tränen in den Augen.

Eier und Speck waren von größerem Erfolg gekrönt.

Nachdem sie die Reste ihres Essens heruntergeschluckt hatte, sagte Nitzinger: »Nicht, dass es mich etwas anginge, Miss –«

»Nennen Sie mich Amanda«, bot sie ihm an. »Jeder Mann, der für mich kocht, hat meine Erlaubnis, auf der Basis des Vornamens mit mir zu reden.«

Er lächelte sie an und sie lächelte zurück, und eine Minute lang saßen sie einfach nur da und lächelten einander zu, und Nitzinger kam sich wie ein verliebter Schuljunge vor.

Schließlich meinte er: »Ich frage mich nur, wen Sie hier wohl treffen wollten.«

»Den Mann, den ich heiraten werde.«

Er versuchte sich einzureden, dass die Wunde, die sich gerade in seiner Brust öffnete, auf seine Übermüdung zurückzuführen sei und auf nichts anderes.

Gary A. Braunbeck

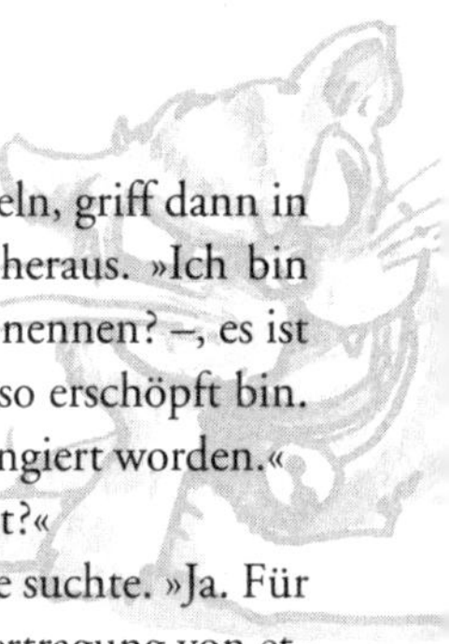

»Oh. Hat er auch einen Namen?«

»Ja, er ... äh, nun ...« Sie zuckte mit den Achseln, griff dann in ihre Reisetasche und holte ein Bündel Papiere heraus. »Ich bin kein Dummchen, John – ich darf Sie doch John nennen? –, es ist nur so, dass ich durch die Reise und das Wetter so erschöpft bin. Und was meine Heirat angeht, nun ... sie ist arrangiert worden.«

Nitzinger hob fragend die Schulter. »Arrangiert?«

Endlich fand Amanda das Papier, nach dem sie suchte. »Ja. Für die Summe von fünfhundert Dollar und die Übertragung von etwas Land in Oklahoma hat sich Mr. Cletus Walters aus Cedar Hill das Recht erkauft, mich zu ehelichen.«

Nitzinger warf einen Blick auf die Katze; er hätte schwören können, dass das Ding ein Zischen von sich gegeben hatte, als der Name Walters fiel.

Amanda reichte ihm das Papier. »Als ich siebenundzwanzig wurde, ging meinem Vater plötzlich auf, dass er eine alte Jungfer durchziehen müsse, wenn er nicht langsam, etwas unternahm.«

Nitzinger überflog das Papier, las es dann langsam und ohne es wirklich zu merken, plapperte er es aus. »Eine Mail-Order-Annie.«

»Wie bitte?«

»Es tut mir Leid, Miss – äh, Amanda. Ich sagte Mail-Order-Annie. So hat meine Tante Frauen in Ihrer Position immer genannt.«

Vorsichtig nippte sie an ihrem Kaffee: »Ich weiß nicht, ob ich jetzt gekränkt sein soll oder nicht.«

Voller Panik sprudelten die Worte nur so aus Nitzinger heraus: »Ich wollte Sie nicht beleidigen, wirklich nicht, es ist nur so, dass meine Tante immer den Ausdruck Mail-Order-Bräute benutzte, im Andenken an meine Mutter, die auch eine war. Sie hieß Annabelle. Sie war eine jener Frauen, die mit Eliza Farnham 1849 auf der *Angelique* nach Kalifornien gesegelt waren. Dort angekommen, hat sie dann meinen Vater geheiratet. Er war Minenarbeiter. Mama hat sich in ihren Briefen an ihre Schwester immer darüber beklagt, dass das Leben in einem Minenarbeitercamp für eine Frau nur Einsamkeit bedeutete. Meine Tante schrieb ihr darauf zurück, dass sie dieses Leben verdiene, da sie eine Mail-Order-Annie sei. Ihre Worte hatten aber nichts Verurteilendes, verstehen Sie? Meine Tante besaß nur einen sehr scharfen Sinn für Humor. Nachdem meine Mutter gestorben war, hat sie mich aufgezogen. Im Sommer 57 raffte eine Choleraepidemie die Hälfte der Leute in dem Camp nieder, in dem wir lebten. Mama schickte mich sofort hierher nach Ohio, gleich nachdem der erste Fall bekannt geworden war. Sie sagte, sie wolle kein Risiko für ihren Jungen eingehen. Damals war ich erst sechs und ich hatte keine Ahnung, dass ich meine Mutter und meinen Vater zum letzten Mal sehen würde. Wie dem auch sei, meine Leute starben beide in jenem Sommer und meine Tante kümmerte sich fortan um mich. Wann immer sie von meiner Mutter sprach, nannte sie sie eine Mail-Order-Annie, und ich denke mal, das hat sich mir eingeprägt. Ich wollte wirklich nicht, dass Sie denken, ich betrachte Sie von oben herab oder so.«

»Erinnern Sie sich an sie, Ihre Mutter?«

»Ein wenig. Ich kann mich an ihr Lachen erinnern und daran, wie dunkel ihr Haar war.« Er sah auf seine Hände. »Doch die Jahre ziehen vorbei, und ich behalte immer weniger von ihr in Erinnerung. Nicht, dass ich es nicht versuche, verstehen Sie?«

»Ich verstehe«, versicherte Amanda und kraulte die schmutzig gelbe Katze, die inzwischen in ihrem Schoß lag. »Und ich fühle mich nicht gekränkt, Mr. John Nitzinger. Ich glaube, dass es nicht in Ihrer Absicht lag, eine Lady zu beleidigen.«

»Danke.«

Nun lächelte sie wieder. »Keine Ursache. Also sind Sie gekommen, um Ihre Tante zu besuchen?«

»Auf gewisse Weise schon. Sie besitzt eine kleine Pension mit Restaurant in Cedar Hill. Ich habe sie zehn Jahre nicht gesehen.«

»Sie müssen sehr aufgeregt sein.«

»Sie ist vor ein paar Wochen verstorben. Ich habe … einen Brief von ihrem Anwalt bekommen, in dem er mir mitteilt, dass ich ihr einziger Begünstigter bin und sie mir den Kasten vermacht hat.«

Gary A. Braunbeck

Amanda holte tief Luft, legte eine Hand auf ihren Mund, dann streckte sie dieselbe Hand aus und legte sie auf die von Nitzinger. Er spürte noch ihren warmen Atem auf seiner Haut.

»Es tut mir so Leid, John.«

Er nickte. »Sie war eine großartige Lady. Ich vermisse sie schon sehr.« Er sah in die sanften grauen Augen Amandas. »Aber … aber machen Sie sich deswegen keine Sorgen. Wir standen uns sehr nahe, schrieben einander die ganze Zeit über, also habe ich nicht viel, das ich bedauern könnte. Davon abgesehen müssen wir uns darum kümmern, was wir aus unserer jetzigen Situation machen und mit dem unhöflichen Mr. Cletus Walters.«

»Nun, da ich warm und satt bin«, flüsterte Amanda, ohne ihre Hand von der seinen zu nehmen, »denke ich, dass ich bis zum Morgen überleben werde. Ich vermute, dass die Straße aus der Stadt hierher reichlich mit Schnee bedeckt ist. Ein Mann könnte in so einer Nacht wohl kaum eine Kutsche herausführen.«

»Es war nicht Nacht, als Sie hier ankamen, und ein Mann, der vorhat, eine Frau zum Altar zu führen, sollte doch verdammt noch mal so viel Geistesgegenwart besitzen, in so einem Winter eine Schaufel in seinem Gefährt mitzuführen. Wenn Sie mich fragen, sollte sich dieser Mr. Walters besser eine gute Ausrede für sein Verhalten Ihnen gegenüber zurechtlegen.«

Es lag mehr in ihrem Lächeln und in ihrem Blick als zuvor. »Ich vermute mal, dass es kein viel versprechender Anfang ist, um eine Ehe einzugehen, oder? Aber Sie wissen doch bestimmt, was man so sagt: Eine alte Jungfer darf sich nicht beschweren.«

»Sagen Sie so etwas nicht, Amanda – zur Hölle, wenn Sie meinetwegen gekommen wären, wäre ich durch einen verdammten Fluss geschwommen, nur um sicherzugehen, dass ich pünktlich hier bin, wenn Sie aus dem Zug steigen.«

»Danke.«

»Kein Grund, mir zu danken«, schloss er, erhob sich und sammelte Mantel, Hut und Handschuhe zusammen. »Ich reite weiter nach Cedar Hill und werde unseren Mr. Walters finden. Es ist noch etwas Speck in der Tasche, etwas getrocknetes Fleisch und mein schlechter Kaffee. Es würde mich freuen, wenn Sie mein Bettzeug benutzten, sollten sie den Geruch ertragen. Es sind noch eine Menge Streichhölzer da und Kohle für den Ofen, erfrieren werden Sie also nicht. Verriegeln Sie die Tür hinter mir und – oh, das hätte ich fast vergessen.« Er reichte Amanda seinen Navy Colt. »Wissen Sie, wie man mit einer Schusswaffe umgeht, Amanda?«

»Ja, das weiß ich. Mein Vater hat mich in allen Arten von Schusswaffen unterwiesen.«

»Nur für den Fall, dass Tiere aus den Bergen herunterkommen.«

Sie nickte über ihre Schulter hinweg. »Wie unser blutrünstiger Freund hier?«

Nitzinger grinste, errötete und sah hinunter auf seine Füße. »Erinnern Sie mich nicht daran.«

Genau in diesem Moment ertönte wieder ein lautes Jaulen draußen aus der Kälte, und die schmutzig gelbe Katze sprang von der Bank und kratzte so lange an der Tür, bis Nitzinger sie hinausließ.

Sie hüpfte von der Plattform und über den Schnee bis zu einem Platz, an dem eine andere, sehr viel dunklere Katze saß und wartete. Statt umeinander herumzuschleichen, wie die meisten Katzen es getan hätten, begrüßte jede die andere, als sei sie ein längst verloren geglaubter Freund, jemand, den sie schon ihr Leben lang kannte. Sie starrten einander einen Moment lang an, dann setzten sie sich nebeneinander und blickten in Richtung Stadt.

Gewöhnlich gab sich Nitzinger nicht mit Katzen ab.

»Mein Vater war Eisenbahningenieur«, sagte Amanda plötzlich neben ihm. »Nachdem meine Mutter gestorben und meine drei jüngeren Schwestern alle verheiratet waren, habe ich mit ihm viele exotische Länder bereist. In jenem Herbst, in dem die Engländer in Ägypten waren und Präsident Arthur mächtigen Ärger wegen der Zölle vom Zaun brach, war mein Vater damit beschäftigt, die Engländer bei ihren Konstruktionen zu unterstützen. Eine Frau, die dort für die Verpflegung zuständig war, erzählte mir eine Geschichte über Katzen und darüber, dass viele Menschen ihnen mit großem Respekt und viel Ehrfurcht begegnen, weil sie angeblich Wesen verkörpern, in die unsere verstorbenen Liebsten schlüpfen, um uns zu beobachten und zu beschützen. Ich habe schon immer gedacht, dass es bestimmte Katzen gibt, die sich scheinbar ohne Grund deiner annehmen, so wie diese dort es bei mir tat.«

Nitzinger starrte zu den Katzen. »Ich schwöre Ihnen, das Tier hat mich in den vergangenen Stunden verfolgt.«

»Vielleicht hat sie es. Es sind geheimnisvolle Wesen.« Sie stieß an seinen Arm, Nitzinger drehte sich um und sah sie an. »Möglicherweise ist diese Katze die Wiedergeburt Ihrer Tante und sie ist zurückgekommen, um dafür zu sorgen, dass Sie sicher Ihren Weg finden.«

»In einer Nacht wie dieser«, antwortete er, »würde ich nichts von der Hand weisen.« Er machte sich fertig für seinen Ritt in die Stadt – bestimmt noch eine gute Stunde oder mehr – und wollte gerade aus der Tür treten, als Amanda ihm den Hut vom Kopf nahm und ihm den Schal umband, den er ihr zuvor gegeben hatte, und damit seine Ohren bedeckte. »Ich möchte keine Widerrede von Ihnen hören, John. Es ist kalt da draußen.«

Sie setzte ihm den Hut wieder auf, dankte ihm abermals für seine Fürsorge und gab ihm einen schnellen warmen und freundschaftlichen Kuss auf die Wange.

Als sie sich von ihm löste, ließ sie seine Hand zuerst nicht los – er wollte auch gar nicht, dass sie es tat.

John Nitzinger wusste, dass er immer wieder an diesen Abend zurückdenken würde und dass er ihm jedes Mal genauso wundersam vorkäme wie in diesem Moment.

»Ein Mann wäre zu Recht stolz darauf, eine Frau wie Sie zu haben.«

»Und eine Frau wäre dumm, wenn sie glaubte, einen Besseren als Sie zu finden, John.«

Sie musterten einander vorsichtig, eingehüllt in die warme Stille der Bahnstation, ihre Blicke verrieten, was Worte nur schmälerten.

Dann ging Nitzinger nach draußen, stieg auf sein Pferd und begann mit dem letzten Teil seiner Reise Richtung Cedar Hill.

»John!«, rief Amanda von der Tür her.

Er drehte sich um und winkte.

»Erinnern Sie mich bei Gelegenheit«, rief sie ihm zu, »und ich erzähle Ihnen die Geschichte meines Lebens!« Dann lachte sie und es war Musik in seinen Ohren.

»Wenn ich Ihren Mr. Walters nicht finden kann, besorge ich in einem Mietstall einen Einspänner, komme zurück und hole Sie ab.«

Und mit diesem Entschluss nahm er die Zügel seines Pferdes in die Hände und ritt los.

LATERNEN HÜLLTEN die Hauptstraße von Cedar Hill in ein sanftes Leuchten. Die kleine Kirche am Ende der Straße war in gelbes Licht und den Klang eines Chores getaucht, der Weihnachtslieder probte. Die Menschen, die über die Bretter der Bürgersteige zwischen den ein- und zweistöckigen, holzverkleideten Häusern liefen, schienen freundlich; einige von ihnen winkten kurz oder tippten sich an den Hut, um den Fremden zu begrüßen, der in ihre Stadt ritt. Nitzinger vermutete, dass es die Weihnachtszeit war, die ihren Argwohn Fremden gegenüber milderte. Er bekam eine Ahnung davon, warum seine Tante so gern hier gelebt hatte.

Sein schmeichelhafter erster Eindruck dieser Stadt bekam allerdings einen erheblichen Dämpfer durch seinen Empfang beim Geschäftsführer des Mietstalls, einem störrischen alten Mann, der keinerlei Anstalten unternahm, seinen Ärger darüber zu verbergen, dass er gezwungen wurde, sein Abendessen zu unterbrechen, um Nitzingers Pferd aufzunehmen. Sein Benehmen wurde noch verhaltener, als Nitzinger sich nach Cletus Walters erkundigte.

Was ihn danach jedoch im Etablissement seiner Tante erwartete, war eine gesegnete Abwechslung.

Als er durch die Tür trat, fiel ihm als Erstes der Duft von Essen aus der Küche auf; gebratenes Hühnchen, gebutterte Kartoffeln und frischer Pfirsichpie. Augenblicklich lief ihm das Wasser im Mund zusammen.

Langsam ging er auf den Empfangstisch zu, er wollte die Eindrücke auf sich wirken lassen: die Bänder und grünen Girlanden, die das Treppengeländer schmückten; den Mistelzweig über dem Eingang zum Speisezimmer; die elegante Art, in der die Restaurantgäste gekleidet waren – die Männer trugen Dreiteiler und die Frauen Kleider aus Seide und Organdy. Niedrige Rochesterlampen verbreiteten einen einladenden Lichtschein über den Tischen, während ein vornehm aussehender Schwarzer in gebügeltem Weiß mit einem eiskalten Krug von Tisch zu Tisch glitt und die Gläser der Gäste mit Eiswasser füllte. Am hinteren Ende des Speisezimmers saß ein weiterer Farbiger an einem Piano – einem Flügel, nicht etwa einem Klavier – und seine geschmeidigen Hände spielten sanfte Weihnachtsmusik.

Nitzinger hatte sich diesen Ort immer so vorgestellt, auch wenn er es nie zu hoffen gewagt hatte.

Die meiste Zeit, wenn man damit beschäftigt ist, Zäune hochzuziehen, machen es die Träume von Dingen einem leichter, die Enttäuschung ihrer Realität zu ertragen.

Er wandte sich vom Speisezimmer ab und trat an die kleine robuste attraktive Frau heran, die hinter dem Tisch eines der Bücher prüfte. Er nahm seinen Hut ab und stand einen Moment lang da, weil er sie nicht unterbrechen wollte.

Nach einem Augenblick hob sie schnuppernd ihre Nase in die Höhe, verzog das Gesicht und sah auf. »Gibt es etwas, womit ich Ihnen helfen kann, Mister?«

»Ich hoffe doch. Mein Name ist John Nitzinger, ich bin –«

»Ethels Junge!«, rief die Frau, schlug das Buch zu und glitt um den Tisch herum. Noch bevor Nitzinger wusste, wie ihm geschah, fand er sich in einer Umarmung wieder, die einen Bären um Gnade hätte winseln lassen.

»Wir haben uns schon alle gefragt, wann Sie wohl auftauchen würden«, sagte die Frau, ließ ihn los und trat einen Schritt zurück, um ihn besser in Augenschein nehmen zu können.

Erleichtert ließ Nitzinger Luft in seine Lungen und prüfte, ob sie ihm auch keine Rippen gebrochen hatte.

Die Kleine Lady ist stärker, als sie aussieht, dachte er. *Zur Hölle, sie ist stärker, als ich aussehe.*

»Ma'am?«

»Oh, nein. Kommen Sie mir nicht mit diesem Ma'am-Quatsch. Ich heiße Sarah Cobb. Ich führe dieses Etablissement für Ihre Tante.« Sie nahm Nitzingers Hand in die ihre und drückte sie.

Er war nicht überrascht, dass ihr Griff schmerzte.

»Ethel hat ohne Unterlass von Ihnen gesprochen«, meinte Sarah. »Für gewöhnlich hat sie mir Ihre Briefe vorgelesen – mein Gott, war sie glücklich, wann immer etwas von Ihnen in der Post war!« Dann füllten sich die Augen der Frau mit Tränen. »Niemand ist trauriger als ich, dass sie von uns gegangen ist – außer Ihnen vielleicht.«

Nitzinger spürte den Blick der Restaurantgäste auf seinem Rücken. »Äh, es tut mir Leid, dass ich in diesem Aufzug zur Essenszeit hier reinplatze.«

Sarah gab ihm einen verspielten Klaps auf den Arm. »Hören Sie wohl auf sich zu entschuldigen, Johnny: Der Laden gehört jetzt Ihnen. Sie können kommen und gehen, wann und wie Sie wollen.«

»Ach ja, wo Sie es erwähnen …« Er kramte in seiner Satteltasche und förderte einen Briefumschlag zutage. »Ich soll mich hier mit einem Mr. Daniel St. James treffen.«

»Danny ist nicht in der Stadt, sondern geschäftlich in New York. Wir erwarten ihn zum Ende der Woche zurück. Sie haben doch vor, hier zu bleiben, oder?«

»Für eine Weile.«

Kaum hatte er das gesagt, legte sich Sarahs Gesicht in Sorgenfalten, doch sie wischte sie mit einer Handbewegung fort. »Nun, kommen Sie, lassen Sie uns für einen Schwatz in mein Büro gehen.«

Bevor Nitzinger etwas erwidern konnte, hatte sie ihn schon beim Wickel, schob ihn um den Tisch herum und durch die dahinter liegende Tür. Im Büro verfrachtete sie ihn in einen schrecklich gemütlichen und gepolsterten Ledersessel und drückte ihm eine Tasse heiße Schokolade in die Hand.

»Ich möchte, dass Sie als Erstes verstehen, Johnny, dass Ihre Tante eine feine, sehr feine Frau war – eine prächtige Frau. Jeder hier in Cedar Hill hielt große Stücke auf sie.«

»Sie hat immer gut von diesem Ort und den Leuten hier gesprochen.«

Sarah lächelte ihn an. »Ich möchte Ihre Aufmerksamkeit noch auf eine andere Sache lenken: Ich war bei Ethel, als sie von uns ging, und ich kann Ihnen versichern, dass man sich ein friedvolleres Dahinscheiden nicht hätte wünschen können. Benjamin saß unten am Piano und spielte ihre Lieblingsmelodie, damit sie mitsummen konnte. Es war eine wunderschöne Nacht mit Sternen im Überfluss, in ihrem Zimmer war es warm, Reverend Maddingly war mit seiner Bibel zugegen und all ihre Freunde kamen vorbei, um ihr Lebewohl zu sagen. Sie hielt Ihren letzten Brief in den Händen und auf dem Nachttisch stand ein Foto von Ihnen und Ihrer Mutter. In den letzten Jahren hatte ihr Herz ihr unerträgliche Schmerzen bereitet. Der Doktor sprach davon, dass alle Muskeln um das Herz herum im Eimer waren. Und dann bekam sie zu guter Letzt auch noch diese Lungenentzündung … nun ja, es war zu ihrem Besten. Aber sie starb als eine glückliche Person, darauf gebe ich Ihnen mein Wort.«

John war überrascht, Tränen in den Augen zu spüren. »Das ist gut zu wissen, Sarah. Ich wollte Ihnen noch sagen, dass ich auf dem langen Ritt hierher immer darüber nachdachte, ob sie … nun, Sie wissen schon, auch nichts zu bereuen hatte.«

Nun fing Sarah an zu heulen. »Sie hatte nichts zu bereuen, Johnny. Nicht im Geringsten.«

»Nun, ist das nicht wunderbar?«

Nun war Nitzinger auf Sarahs rippenbrechende Umarmung vorbereitet.

Und es machte ihm auch nichts aus.

MEIN LIEBER JOHNNY,

wenn du diese Zeilen liest, bist du heil hier angekommen, wofür ich dem Herrn unendlich danke.

Ich kann mir vorstellen, dass Sarah sich dir inzwischen schon vorgestellt hat, das ist so ihre Art. Bitte glaube mir, wenn ich dir sage, dass du keinen zuverlässigeren und loyaleren Freund finden wirst als sie. Ich habe noch ein paar letzte Vereinbarungen mit Mr. St. James getroffen, um Sarah eine kleine Summe Geldes oder ein paar Anteile an dem Geschäft zu hinterlassen. Die Wahl überlasse ich dir. Bitte behalte sie, Johnny. Sie versteht mehr davon, wie man dieses Haus führt, als ich es jemals tat.

In der kleinen Schachtel, die sich bei diesem Brief befindet, wirst du ein paar wenige weltliche Besitztümer finden, die ich wirklich schätzte, darunter eine Fotografie deiner Mutter und eine von dir als Kind. Die silbernen Rahmen wurden aus dem Material gefertigt, das dein Vater mit seinen eigenen Händen aus der Erde holte. Es tut mir so Leid, dass ich dir keine Fotografie von deinem Vater vermachen kann. Um der Wahrheit willen, er war keine Schönheit, außer vielleicht wenn er lächelte. Und doch ist nie ein edlerer Mann auf dieser Erde umhergewandert. Abgesehen von dir natürlich.

Ich weise dich nochmals mit aller Strenge darauf hin, dich bei den Leuten hier bekannt zu machen, bevor sie sich dazu entschließen, auf dich zuzukommen. Ich fürchte, du hast mehr als ein Geschäftsunternehmen geerbt, Johnny. Du hast eine Stadt voller Freunde geerbt, die unzählige Geschichten über dich als Junge und als Mann gehört haben. Ich möchte mich dafür entschuldigen, sollte ich ihnen etwas erzählt haben, das dir peinlich ist. Ich habe dich immer als meinen Jungen betrachtet, möchte aber nicht nachgesagt bekommen, mit einem Kind mehr geprahlt zu haben als eine Mutter.

Dies ist nun dein Zuhause, wenn du es möchtest, was ich von ganzem Herzen hoffe. Du bist schon viel zu lange allein gewesen, und ein Leben in Einsamkeit ist schließlich kein Leben.

Nun werde ich aber mit meinen Belehrungen aufhören. Behalte mich immer in liebevoller Erinnerung. Ich habe dich immer wie meinen eigenen Sohn geliebt und werde es auch weiterhin tun, wenn ich erst an der Seite unseres Herrn weile. Du hast nie vergessen, mir zu schreiben, und ich habe all deine Briefe bewahrt. Bitte, gehe nicht zu streng mit dir ins Gericht, weil du nicht hier sein konntest, als ich von euch ging. Du warst immer ein Teil von mir und die ganze Zeit über hier bei mir.

Vielleicht sollte ich noch erwähnen, dass du vollkommen korrekte Bücher vorfinden wirst. Das ist Sarahs Sache. Es gibt keinerlei Außenstände, über die du dir Sorgen machen müsstest, und eine stattliche Summe auf der Bank.

Für eine Frau, die niemals heiratete, habe ich ein Leben geführt, wie ich es schöner nicht erwarten konnte. Auf manche Weise sogar noch schöner.

Gottes Segen für dich, mein Junge.

In Liebe, Ethel

VERDAMMT NOCH MAL, das war nun das zweite Mal in den letzten paar Stunden, dass Nitzinger Tränen in die Augen traten.

Er schaute auf den spärlichen Inhalt der Schachtel, in der sich der Brief befunden hatte. Da waren die Fotos von ihm und seiner Mutter in den Silberrahmen, verschiedene Bündel mit zusammengeschnürten Briefen, die er über die Jahre hinweg an seine Tante geschrieben hatte, ein paar Schmuckgegenstände (er dachte, dass Sarah bestimmt die eine Brosche gefallen würde), ein altes zusammengerolltes Notenblatt und ein Hochzeitsring.

Es war der Hochzeitsring seiner Mutter, der ein paar Wochen nachdem seine Eltern mit nur einer Stunde Unterschied gestorben waren, an seine Tante geschickt worden war.

Er hielt ihn ins Licht und genoss seine Einfachheit: ein einzelner Stein, eingefasst in einen goldenen Kreis.

»Nun, gut – Scheiße«, flüsterte er und ließ den Tränen ihren Lauf.

Ein Leben in Einsamkeit ist schließlich kein Leben.

Hier und zum ersten Mal in seinem Leben musste John Nitzinger sich eingestehen, dass er einsam war, und das schon eine ganze Weile. Seine Tante hatte ihm ein Legat hinterlassen, das Generationen von Kindern in Cedar Hill überdauern würde – Geschichten über sie und ihre Freundlichkeit, die Art und Weise, wie sie ein Damenkränzchen abhielt und bei Nacht jeden Mann unter den Tisch trank, ohne den Respekt beider Gruppen zu verlieren; unzählige Geschichten und Erinnerungen würden von den Leuten hier am Leben gehalten werden – und was würde er einmal hinterlassen? Meilen über Meilen reparierter Zäune, die, lange bevor er selbst sterben würde, sicherlich längst zu Staub zerfallen und vergessen waren. Und war er erst tot, wer würde sich an ihn erinnern oder an das, was er getan hatte? Gab es irgendwo einen Mann, an dessen Seite er gearbeitet hatte und der sich an sein Gesicht erinnern konnte, den Klang seiner Stimme oder an ein Gespräch, das sie geführt hatten?

Hier war sein Zuhause, wenn er es wollte.

Ein Leben in Einsamkeit ist schließlich kein Leben.

Und wie er es wollte. Nichts wollte er mehr, als den Rest seines Lebens dort zu verbringen, wo einen die Nachbarn mit Namen grüßten und sich nach der Gesundheit erkundigten, wenn sie einen mal eine Zeit lang nicht gesehen hatten. Er wollte eine wunderbare Frau heiraten und eine Familie gründen, solange noch Zeit war.

Amanda Jakes Lächeln erblühte in seiner Erinnerung und er spürte, wie sich die Wunde in seiner Brust wieder auftat. Er würde Mr. Cletus Walters finden und ihm ordentlich eine verpassen, sollte er keine gute Entschuldigung dafür haben, eine Lady auf diese Weise in der Kälte stehen zu lassen.

Ohne es zu bemerken, hatte Nitzinger das Notenblatt entrollt und starrte nun auf den Titel des Stücks.

»Waltzing With You«.

Bevor ein Frösteln seine Wirbelsäule herunterrann, erinnerte er sich an Sarahs Worte: *Benjamin saß unten am Piano und spielte ihre Lieblingsmelodie, damit sie mitsummen konnte.*

Aber das Frösteln wurde schließlich durch Amandas Worte verursacht: *Aber ich fürchte, den Text nicht zu kennen. Um ehrlich zu sein, John, ich bin nicht einmal mehr sicher, wo ich ihn gehört habe. Er kam mir einfach so in den Sinn …*

Gary A. Braunbeck

Aus dem Augenwinkel heraus bemerkte er links von sich eine Bewegung und er sah zum Schlafzimmerfenster seiner Tante.

Draußen auf dem Fenstervorsprung saß die schmutzig gelbe Katze, ihren schwarzweißen Freund und eine Reihe kleinerer Katzen zu beiden Seiten neben sich.

Sie beobachteten ihn.

Nun wusste er, dass er Recht gehabt hatte: Die schmutzig gelbe Katze war ihm gefolgt. Aber warum? Katzen verhielten sich für gewöhnlich nicht so, oder? Sicher, sie waren vielleicht gute Fährtenleser, ein Erbe ihrer Vorfahren, aber folgten sie einem nicht mit der Nase? Diese hier musste ihm in Sichtweite gefolgt sein.

Das machte keinen Sinn.

»John Nitzinger?«, fragte eine heisere Stimme von der Tür her.

Schnell drehte er sich um und wischte sich über die Augen. »Ja?«

Ein kleiner, stämmiger Mann mit rötlich grauem Haar trat ins Zimmer und nahm seinen Hut ab. »Ich heiße Jack Baines. Ich bin hier der Sheriff.«

Nitzinger erhob sich und schüttelte seine Hand. »Kann ich Ihnen irgendwie behilflich sein, Sheriff? Ich habe doch hoffentlich nichts falsch gemacht, eine städtische Verordnung verletzt oder etwas in der Art, als ich mein Pferd –«

»Nein, zur Hölle, nein«, beruhigte ihn Baines und wedelte abweisend mit der Hand. »Nichts in der Richtung. Ich wollte mich Ihnen nur vorstellen und Sie willkommen heißen. Ihre Tante war eine gute Freundin von mir und meiner Familie. Meine Frau, also, sie fühlt sich ziemlich schlecht, seit Ethel uns verlassen hat. Wissen Sie, jedes Jahr um diese Zeit begannen beide mit dem Backen der Weihnachtsnaschereien, Kekse, Bonbons und so weiter. Ich und die Kinder durften bis zum neuen Jahr nicht einmal in die Nähe der Küche kommen. Beide hätten auch bewaffnete Wachen aufgestellt, um uns fern zu halten.« Er fuhr sich mit der Hand durchs Haar. »Yessir, die beiden waren der reinste heilige Terror zu dieser Zeit.« Nun zuckte er mit der Schulter. »Meine Frau ist nicht in der Lage, in zwei Wochen so einen Haufen Kuchen zu backen.«

»Tut mir Leid, das zu hören.«

Baines nickte. »Yeah, und ich schätze, sobald sie davon Wind bekommt, dass Ethels Junge in der Stadt ist, wird sie sich in Trab setzen. Wahrscheinlich wird sie wieder ein Küchenverbot verhängen und Sie bitten, jeden zweiten Abend zum Essen zu kommen. Ich denke, es ist unnötig zu erwähnen, dass Sie natürlich am Weihnachtsabend mit uns zu Abend essen. Ich wollte Sie nur im Voraus warnen, verstehen Sie?«

»Ich bin gewarnt.«

»Okay, dann. Warum ich eigentlich gekommen bin –« Baines blieben die Worte im Halse stecken, als er die Katzen draußen vor dem Fenster erblickte. »Beim gekreuzigten Herrn Jesus«, flüsterte er. Dann wandte er sich an Nitzinger: »Wie lange sitzen die da schon?«

»Eine ganze Weile, vermute ich. Die schmutzig gelbe in der Mitte ist mir mindestens von der Bahnstation hierher gefolgt.«

Baines sagte nichts, sondern starrte nur auf die Katzen.

Irgendetwas im Benehmen des Sheriffs verriet seine Besorgnis; der Mann schien durch die Katzen regelrecht erschreckt.

Baines sammelte sich etwas, wandte sich wieder Nitzinger zu und meinte: »Der Grund, warum ich gekommen bin, ist, dass Raymond vom Mietstall mich vor einer Weile aufsuchte. Erzählte mir von einem Kerl, der sich nach dem Verbleiben von Cletus Walters erkundigte.«

»Das war ich. Bei der Bahnstation traf ich –«

»Kannten Sie Cletus Walters?«

»Oh, nein. Wie ich schon sagte, draußen bei der Bahnstation ist – warten Sie eine Minute. Warum haben Sie das gesagt? Warum haben Sie mich gefragt, ob ich Cletus Walters gekannt habe?«

»Weil der Hurensohn tot ist.«

Nitzinger fühlte einen plötzlichen Anflug von tiefer Sympathie für Amanda Jakes. »Oh, Gott. Sind Sie sicher, dass er –«

»Ich habe ihn eigenhändig vor seiner Hütte zur Strecke gebracht, ist keine zehn Tage her. Zwei Kugeln direkt in die Brust, und er kam immer noch auf mich zu.« Er bemerkte, wie Nitzinger erblasste, sah nervös zu den Katzen hinüber und sprach nun mit leiser Stimme: »Ich denke, wir beide sollten rüber in mein Büro gehen und uns unterhalten.«

Das Erste, was Nitzinger im Büro des Sheriffs entdeckte, war ein handgeschnitztes Schachspiel, das offensichtlich mitten in einem Spiel verlassen worden war.

»Spielen Sie?«, fragte Baines und wies mit einer Kopfbewegung auf das Brett.

»Wann immer ich kann.«

»Bei Gelegenheit sollten wir beide ein Spielchen wagen. Sie spielen bestimmt besser als mein Deputy. Der Mann kommt mir immer mit Damestrategien, obgleich ich ihm unermüdlich zu erklären versuche, dass es sich um zwei verschiedene Spiele handelt. Die Figuren befinden sich immer noch an derselben Stelle wie vor einer Woche, als der Idiot auf einmal 'nen Gichtanfall bekam. Immer wieder erzählte ich ihm, dass – wenn seine Diät nicht nur aus Schinken, Bier und Tabak bestünde – sich sein Körper nicht immer aufbäumen und ihn attackieren würde, aber es gibt eben Leute, denen kann man nichts einbläuen.«

Baines goss jedem von ihnen einen Becher Kaffee ein, dessen Qualität Nitzingers Schlamm weit überlegen war, mit dem dieser beinahe Amanda Jakes zur Strecke gebracht hatte, und die beiden Männer setzten sich einander gegenüber an das Schachbrett.

»Was war nun mit Cletus Walters?«, fragte Nitzinger.

Baines lehnte sich vor und betrachtete das Schachbrett. »Zuerst, Mr. Nitz- äh, zur Hölle, könnte ich Sie John nennen? Ich habe so viel über Sie von Ihrer Tante gehört, dass ich das Gefühl habe, Sie genau zu kennen.«

»John ist in Ordnung.«

»Ihre Tante – nun, die war eine Schachspielerin. Frauen haben mich häufiger besiegt, als ich zuzugeben wage.«

»Ich finde gerade alle möglichen Dinge über sie heraus. Ich hoffe, sie wusste, wie viele Freunde sie hatte.«

»Das tat sie.« Baines begann damit, seinen Springer auf den Damebauern zuzubewegen, dachte kurz darüber nach und starrte dann wieder auf das Brett. »Als Erstes müssen Sie wissen, John, dass es in der Gegend nur eine Hand voll Leute gibt, die die ganze Geschichte von Walters kennen – Raymond vom Mietstall ist einer von ihnen, und das auch nur, weil ich zusätzliche Pferde und einen Wagen benötigte, nachdem es vorüber war … wie auch immer, es wissen nur wenige, und ich möchte, dass es so bleibt. Also, was heute Abend in diesem Raum gesprochen wird, bleibt auch in diesem Raum, verstanden?«

»Verstanden.«

Baines rieb sich ein Auge, nippte an seinem Kaffee und zog dann einen – allerdings gekauften – Zigarrenstumpen aus der Tasche. »Stört es Sie?«

»Haben Sie noch einen?«, gab Nitzinger die Frage zurück.

Baines hatte und man gab sich Feuer.

»Es begann mit den Katzen«, erzählte Baines. »Erst zwei – die dunkle und eine kleinere rötlich braune. Die schmutzig gelbe ist neu. Jedenfalls zog Walters vor ein paar Jahren aus Oregon hierher. Er und seine Frau kauften die alte Myers-Farm draußen vor der Stadt und begannen mit ihrer Landwirtschaft. Waren ganz nett, wurden aber mit dem Rest von uns nicht ganz warm. Insbesondere seine Frau schien etwas reserviert, allerdings war sie nicht von der eingebildeten Sorte oder so etwas. Nein, sie wirkte mir nur etwas scheu.

Leute, die draußen an der Straße nach Granville an ihrer Farm vorbeikamen, wunderten sich immer über die Unmengen von Katzen, die um das Anwesen herumschlichen. Zuerst waren es wie gesagt nur die beiden Katzen, die ich erwähnte, aber mit der Zeit tauchten immer mehr auf. Was den Leuten aber aufstieß, war ihr Verhalten. Benahmen sich nicht wie Katzen, wenn Sie mich fragen. Sie gingen überall zusammen hin, vollkommen geordnet. Und wann immer sie anhielten, um sich zu setzen oder für eine Weile zu schlafen, taten sie es gemeinsam, ganz eng in einem Kreis, als ob sie sich in einer Art schützender Formation ausruhten.

Okay, die Walters hatten es also mit Katzen. Für mich ist das in Ordnung. Die Tiere waren ja immerhin sauber, gingen nie auf die Hühner los oder auf eine der anderen Farmen. Solange ein Haustier nicht zu einem Problem wird, kann ich damit leben.

Vor acht oder neun Monaten kam Walters in die Stadt und heuerte ein Mädchen der Hopewell-Indianer an, damit sie sich um seine Frau kümmerte, die krank geworden war. Das kam niemandem seltsam vor. Die Hopewells können ganz gut mit Kranken, also verschwanden sie beide wieder auf die Farm, und das war das Letzte, was wir für lange Wochen hörten.

Das Hopewell-Mädchen kam eines Tages ganz allein in die Stadt zurück, um einige Vorräte für die Walters zu besorgen, doch anstatt gleich in den Generalstore zu gehen, lief sie ins Haus Ihrer Tante. Sie war nervös und verängstigt. Später fand ich heraus, dass sie Ihrer Tante eine wilde Geschichte erzählt hatte, darüber, dass die Katzen mit ihr und Mrs. Walters sprachen. Ich meine nicht mit dem Mund und mit Worten, wie Sie und ich, nein, sie verständigten sich durch Gedanken, okay? Sie erzählte Ihrer Tante, dass Mrs. Walters deshalb krank wurde, weil die Katzen ihr rieten zu verschwinden, bevor es zu spät sei. Dieses Hopewell-Mädchen fiel daraufhin in eine traumartige Trance und fragte die Katzen, warum Mrs. Walters verschwinden solle. Und was glauben Sie, was sie Ihrer Tante darüber berichtete, was die Katzen ihr antworteten? Erzählten ihr, sie seien die Seelen seiner Opfer und dass sie Mrs. Walters vor etwas Schrecklichem bewahren wollten.

Nun, nachdem das Hopewell-Mädchen wieder zu den Walters zurückgekehrt war, erzählte Ihre Tante mir die ganze Chose. Ich habe darüber gelacht, doch Ihre Tante fand die Sache gar nicht komisch. ›Mach dich bloß nicht über die Art anderer lustig, nur weil sie sich von deiner unterscheidet‹, fuhr sie mich an. ›Vielleicht hat das Hopewell-Mädchen nicht alle Tassen im Schrank, doch sie hat solche Ideen doch nur, weil Mrs. Walters sie ihr eingeredet hat.‹

Ich überlegte also, dass Cletus Walters seine Frau vielleicht doch nicht so behandelte, wie es einem gottesfürchtigen Christen gebührte, und beschloss, ihnen einen Besuch abzustatten, nur um sicherzugehen, dass alles in Ordnung war. Ich bin also zu ihm raus und da waren überall diese Katzen, sie saßen alle aufgereiht auf dem Pferdepfosten vor Mrs. Walters' Schlafzimmerfenster. Ich ging nach vorn, um an die Tür zu klopfen, da riss Cletus sie auf.

Der Mann sah aus, als hätte er einen Geist gesehen. Er zitterte am ganzen Körper und war blass, seine Augen schnellten umher und er riet mir, meines Weges zu gehen und mich um meine eigenen Dinge zu kümmern, denn sie hätten alle Fieber und es sei das Beste, sie allein zu lassen. Wenn ich aus dem Augenwinkel nicht etwas bemerkt hätte, hätte ich ihm wahrscheinlich geglaubt. Doch hinter ihm in der Ecke sah ich das Hopewell-Mädchen sitzen. Sie hielt eines von Mrs. Walters schönsten Kleidern im Schoß und war dabei, es auszubessern. Es war getrocknetes Blut auf dem Kleid. Nun sagen Sie mir – warum würde sich jemand die Mühe machen, ein Kleid auszubessern, das voller Blut ist? Würden Sie nicht erst versuchen das Blut auszuwaschen und dann das Ding zu flicken?

Ich bin von Natur aus kein besonders neugieriger Mensch, doch hier kam ich ins Grübeln. Das hier ist ein nettes, langweiliges kleines Nest, und wir mögen es so, also habe ich niemandem außer Ethel davon erzählt, woraufhin sie zu mir sagte: ›Hatte er nicht erwähnt, dass er von Eugene hierher gezogen ist?‹ Warum schickst du dann nicht einfach ein Kabel da runter und fragst beim dortigen Sheriff an, ob er etwas weiß, das auch du wissen solltest?‹

Genau das machte ich dann auch. Sechs Tage später wurde ich um drei Uhr morgens von zwei Pinkerton-Kerlen aus dem Bett gerissen, die aussahen, als seien sie bereit, mit Nägeln zu spucken und den Hammer zu verschlingen. Sie befahlen mir, mich anzuziehen und sie zum Anwesen der Walters zu begleiten. Auf dem Weg dorthin rückten sie dann mit ein paar Einzelheiten heraus, die mir das Blut in den Adern gefrieren ließen.

Cletus Walters war nicht sein richtiger Name. Die Pinkertons hatten keinen Schimmer, wie sein richtiger Name lautete, aber sie besaßen eine nette kleine Liste mit Namen, von denen sie wussten, dass er sie benutzt hatte. Drüben in Eugene hatte er sich ein Grundstücksgesetz zunutze gemacht – Sie wissen schon, dass ein verheirateter Mann berechtigt ist, doppelt so viel Land sein Eigen zu nennen wie ein unverheirateter. Er und seine Frau beackerten das Land ungefähr ein Jahr lang, dann hörte er plötzlich auf, verkaufte das Land mit einem ganz ordentlichen Profit und zog fort, ohne jemandem zu sagen wohin. Die Leute, die das Land von ihm erwarben, beklagten sich nach ein paar Wochen über zwei Dinge. Raten Sie mal, was das eine war?«

»Katzen?«, fragte Nitzinger.

»Getroffen. Katzen ... und über den Gestank. Schließlich hat der Typ, der das Land kaufte, die Katzen verjagt und begonnen, den Grund und Boden umzugraben, um dem Gestank auf die Spur zu kommen. Nun, er fand auch etwas. Walters hatte seine Frau getötet und sie in ihrem Hochzeitskleid unter dem Wasserklosett vergraben. Nachdem es ihnen gelungen war, all ihre Papiere aufzutreiben, stellten sie fest, dass sie Walters – er benutzte damals den Namen Simpkins – heiraten musste, weil ihr Vater es so arrangiert hatte.«

»Sie war eine Mail-Order-Braut?«

»Yessir, das war sie. Nach allem, was die Pinkertons herausfanden, hat er mindestens dreimal zugeschlagen, wahrscheinlich aber sieben- oder achtmal. Er hatte sich immer für Mail-Order-Bräute entschieden, weil er dann keine engeren Verwandten in der Nähe befürchten musste, anschließend hatte er seinen ehelichen Status dazu benutzt, sich die doppelte Menge Land unter den Nagel zu reißen, wozu er ja offiziell berechtigt war, und nachdem er den Laden mit seiner Frau in Schwung gebracht hatte, verkaufte er das Land mit enormem Profit, ermordete die Frau, begrub sie – er begrub alle seine Frauen in ihren Hochzeitskleidern – und wechselte anschließend seinen Namen, das County oder gleich den Staat, um das Spiel von vorn zu beginnen. Der Mann war entweder verdammt dumm oder verdammt arrogant. Bis zum heutigen Tag weiß ich nicht, ob er erwischt werden wollte oder die Männer, die ihm auf der Spur waren, für zu dumm hielt, um ihn zu erwischen.

Während die Pinkertons mir dies berichteten, fiel mir ein, dass das Kleid, das dieses Hopewell-Mädchen flickte, ein Hochzeitskleid gewesen sein könnte. Daraufhin gaben sie den Pferden die Sporen, um so schnell wie möglich zur Farm zu gelangen.

Sie können sich gar nicht vorstellen, was für ein Krawall uns in dieser Nacht empfing. Es waren bestimmt mehr als ein halbes Dutzend Katzen, alle saßen draußen um die Hütte verteilt und heulten um die Wette. Ich bemerkte Licht im Haus und hörte etwas, das wie der Schrei einer Frau klang. Wir sprangen vom Wagen, die Pinkertons schlichen jeder um eine Seite des Hauses und ließen mich mit meiner doppelläufigen Flinte vor dem Haus stehen. Ich trat an die Veranda und rief nach Cletus, augenblicklich verstummten alle Katzen«– er schnappte mit den Fingern –, »genau so. Ich rief erneut Cletus' Namen, die Tür flog auf und das kleine Hopewell-Mädchen kam herausgerannt. Ofensichtlich hatte er sie geschlagen, denn sie blutete am ganzen Körper und schrie etwas in ihrer Sprache, das ich nicht verstand. Das Nächste, woran ich mich erinnere, war Cletus, der wie der Leibhaftige selbst herausstürmte und die Katzen anbrüllte, er befahl ihnen, in ihren Gräbern zu verschwinden und ihn allein zu lassen. Daraufhin eröffnete er mit zwei Pistolen das Feuer auf mich und traf mit einem Schuss das arme Hopewell-Mädchen in den Hinterkopf, das vor meinen Füßen zusammensank. Ich feuerte aus beiden Läufen direkt auf seine Brust, aber er kam immer noch auf mich zu. Die Pinkertons machten ihn schließlich fertig, sie mussten aber beide sechs Schuss abgeben, bevor er zu Boden stürzte.

Als wir dort ankamen, war er gerade dabei, seine Frau zu begraben. Sie war mindestens schon ein paar Tage tot – es war grauenhaft. Die Pinkertons haben die Hütte auf den Kopf gestellt und so einiges gefunden. Der verrückte Bastard hatte alle Heiratsurkunden aufgehoben. Acht Stück. Sogar die Hochzeitsfotos von sich und den acht Frauen. Und das Geld. Sie fanden ungefähr 60 000 Dollar, die er mit den Landverkäufen eingesackt hatte. Nachdem alles vorbei war, stellte ich ein paar Nachforschungen an und fand heraus, dass Walters sich in Delaware County nach Land für sich und seine neue Frau erkundigt hatte.«

Nitzingers Blut gefror zu Eis, als er daran dachte, was wohl mit Amanda passiert wäre, wenn Walters sie abgeholt hätte.

»Sheriff, ich möchte nicht unhöflich erscheinen, aber da gibt es etwas, das ich so schnell wie möglich erledigen muss.«

»Etwas, wobei ich helfen kann?«

Nitzinger erzählte Baines von Amanda Jakes.

»Beim gekreuzigten Herrn Jesus«, flüsterte der Sheriff. »Ich frage mich, ob das Mädchen je erfährt, wie glücklich sie ist?«

»Glauben Sie, Raymond hätte Probleme, mir einen Wagen und ein paar frische Pferde zu geben?«

»Nicht, wenn ich mit Ihnen gehe, nein, dann nicht.«

Nitzinger erhob sich. »Ich muss noch ein paar Sachen aus dem Haus meiner Tante holen.«

»Ihrem Haus«, meinte Baines. »Wenn Sie bleiben wollen.«

»Das will ich«, antwortete Nitzinger. »Ist ja nun mein Zuhause.«

ER ORGANISIERTE SICH eine Schaufel und beseitigte die Schneewehen von der Straße, so dass sein Wagen ohne weiteres durchkommen würde. Während er von dannen fuhr, sang er leise *Waltzing With You* vor sich hin.

Sie schlief, als er ankam. Nachdem er sich leise Zutritt zur Station verschafft hatte, stand er eine Weile da, betrachtete ihr Gesicht und hoffte, dass sie ihn anlächelte, wenn sie aufwachte.

Geweckt wurde sie durch das Heulen, das die schmutzig gelbe Katze zusammen mit ihren Freunden draußen anstimmte. Diesmal lag aber nichts Beängstigendes oder Trauriges in ihrem Gesang. Nitzinger kam es eher so vor, als sängen sie.

Dann ging ihm plötzlich auf, warum die schmutzig gelbe Katze ihm so vertraut vorkam.

Ihr Fell hatte die gleiche Farbe wie das Haar seiner Tante.

Amanda rieb sich den Schlaf aus den Augen, setzte sich auf, sah Nitzinger und lächelte ihn mit ihrem schlafgeröteten Gesicht an.

Es war das schönste Lächeln, das er je gesehen hatte.

»John ... hallo.«

»Hallo, Amanda.«

»Wie spät ist es?«

»Fast Mitternacht. Ich wollte schon früher hier sein, aber ich –«

»Oh, hören Sie auf, sich zu entschuldigen«, schalt sie ihn. »Wenn Sie sich heute Nacht noch einmal für irgendetwas bei mir entschuldigen, werde ich Ihnen für jedes ›Tut mir Leid‹ fünf Dollar abnehmen.«

»Ich habe einen Wagen draußen. Die Straße in die Stadt ist frei.«

»Wunderbar. Bis auf das Gefühl, vor dem Altar stehen gelassen worden zu sein.« Sie sah ihm direkt in die Augen. »Man hat mich doch sitzen lassen, nicht wahr?« Ein winziger Anflug von verzweifelter Traurigkeit schwang in ihren Worten.

»Ja, hat man.«

Und mehr wollte er ihr nicht sagen.

»Hätten Sie ihn wirklich geheiratet? Einen Mann, den Sie vorher noch nie gesehen haben und gar nicht kannten?«

Sie nickte. »Sehen Sie mich doch an, John. Ich bin nicht die Schönheit, die sich die meisten Männer wünschen, und zudem noch eine alte Jungfer. Davon abgesehen wird mein Vater recht böse sein, wenn ich einen Rückzieher aus einem Geschäft mache, das er abgeschlossen hat.«

»Ich finde Sie sehr schön«, entgegnete Nitzinger. »Ich wünschte, ich wäre, was man weithin einen feschen Kerl nennt.«

»John«, erwiderte sie mit sanfter Stimme. »Ich mag Sie so, wie Sie sind.«

»Gut. Das macht alles viel leichter.«

»Macht was leichter?«

Nitzinger antwortete nicht. Er sah zu den Katzen und gab ihnen einen Wink, nahm seinen Hut ab, kramte den Hochzeitsring seiner Mutter aus der Tasche und nahm dann langsam, mit all seiner Würde und Entschlossenheit ihre linke Hand in die seine und ging vor ihr auf die Knie.